16	3	2	13
5	10	11	8
9	6	7	12
4	15	14	1

16	3	2	13
5	10	11	8
9	6	7	12
4	15	14	1

Marie Redonnet

ROSA MÉLIA ROSA

Tradução
Angela Maria Ramalho Vianna

editora ■ 34

EDITORA 34 - ASSOCIADA À EDITORA NOVA FRONTEIRA

Distribuição pela Editora Nova Fronteira S.A.
R. Bambina, 25 CEP 22215-050 Tel. (021) 286-7822 Rio de Janeiro - RJ

Copyright © 34 Literatura S/C Ltda. (edição brasileira), 1995
Rose Mélie Rose © Les Éditions de Minuit, Paris, 1987

A FOTOCÓPIA DE QUALQUER FOLHA DESTE LIVRO É ILEGAL, E CONFIGURA UMA APROPRIAÇÃO INDEVIDA DOS DIREITOS INTELECTUAIS E PATRIMONIAIS DO AUTOR.

Título original:
Rose Mélie Rose

Capa, projeto gráfico e editoração eletrônica:
Bracher & Malta Produção Gráfica

Revisão:
Maria Alice Paes Barreto

1ª Edição - 1995

34 Literatura S/C Ltda.
R. Jardim Botânico, 635 s. 603 CEP 22470-050
Rio de Janeiro - RJ Tel. (021) 239-5346 Fax (021) 294-7707

CIP - Brasil. Catalogação-na-fonte
Sindicato Nacional dos Editores de Livros, RJ.

R252r
Redonnet, Marie
  Rosa Mélia Rosa / Marie Redonnet ;
tradução de Angela Maria Ramalho Vianna. —
Rio de Janeiro : Ed. 34, 1995
96 p.

Tradução de: Rose Mélie Rose

ISBN 85-7326-001-7

1. Romance francês. I. Vianna, Angela
Maria Ramalho. II. Título.

95-1074
CDD - 843
CDU - 840-3

ROSA MÉLIA ROSA

ROSA MELIA ROSA

1.

Os negros rochedos à margem do rio são de quartzo, como a areia. Rosa diz que a luz é mais forte aqui do que em outros lugares, por causa das propriedades do quartzo. Isso deve ter queimado os olhos dela. Ela pisca o tempo todo. Enxerga cada dia menos. Pode-se dizer que não tem mais ânimo para enxergar. No final do rio ficam as cascatas. Depois das cascatas, o rio some. O barulho das cascatas é tão forte que não se ouvem os outros barulhos. Sempre vivi perto das cascatas. Tudo é branco lá perto das cascatas, por causa da espuma. Às vezes vê-se o arco-íris no meio das cascatas. Agora, Rosa diz que não enxerga o arco-íris nunca mais.

Adoro descer e subir o rio. Conheço todas as pedras. As pedras escorregam, é preciso prestar atenção quando se pula. Para mim, é uma brincadeira pular de uma pedra para a outra, de tanto é o tempo que faço isso. Quanto mais se desce o rio, mais ele fica estreito. Nunca desço além do lugar em que ele fica estreito. É preciso ter tempo para subir até as cascatas. Rosa ficaria aflita se eu não subisse antes do pôr-do-sol. Depois das cascatas fica a montanha. Rosa nunca passou das cascatas.

Antigamente, a região era cheia de serrarias alimentadas pelo rio. Havia muitos lenhadores na floresta que cerca as cascatas. Ainda se podem encontrar as cabanas abandonadas pelos lenhadores. Não gosto da floresta, só das cascatas. Rosa diz que a estrada atravessa toda a floresta, e que ela desce até Oat. Oat é o porto onde se embarca a madeira. A estrada foi feita há muito tempo, pelos caminhões que transportam a madeira. Mas não se vende mais a madeira da floresta. Então as serrarias fecham, os lenhadores vão embora e a estrada não tem mais serventia, porque os caminhões não sobem mais até as cascatas.

Rosa diz que o rio some debaixo da montanha, onde ele nasce. O rio jorra em frente à gruta, um pouco antes das cascatas. O lugar é conhecido. Sempre atraiu os viajantes. Quando eu era pequena, chamava a gruta de Gruta das Fadas, por causa do título de uma lenda do meu livro. A lenda diz que os casais que passam a noite de núpcias na Gruta das Fadas têm um filho nove meses depois. A lenda também conta que quando um viajante sente que está chegando a sua hora derradeira, vem refugiar-se na Gruta das Fadas. Quando ele morre, as fadas somem com o seu corpo. Há cada vez menos viajantes que sobem até as cascatas. O livro de lendas é o único livro que Rosa tinha. Neste livro ela me ensinou a ler. Agora o livro é meu. Rosa deu-me de presente como recompensa por eu ter aprendido a ler tão bem. É escrito em alfabeto antigo. Rosa só conhece o alfabeto antigo. Eu também. É o único alfabeto que conheço.

Rosa encontrou-me um dia de manhã na gruta. Eu acabara de nascer. Rosa vivia na única moradia perto das cascatas. É uma casa de madeira ainda em bom estado. Rosa diz que a madeira da floresta não é mais vendida porque não se constroem mais casas de madeira. Ela chamou sua casa de Ermitério. Ermitério é também o nome do lugar. Rosa transformou sua casa numa loja de souvenirs. Foi uma boa idéia. Os viajantes que sobem até as cascatas e que vão ver a gruta compram um souvenir do Ermitério. Rosa instalou-se perto das cascatas pouco tempo antes de ter-me encontrado na gruta. Ela já era velha. Sempre conheci Rosa velha. Por nada deste mundo ela teria abandonado sua loja de souvenirs.

Agora Rosa é ainda mais velha. Diz que não sabe quantos anos tem. Ela só pode ser muito velha. É tão velha que nem eu sei quantos anos ela pode ter. É curvada e cheia de rugas. Quase não enxerga mais. Anda com dificuldade, apoiada na bengala. Seus gestos são cada vez mais desajeitados. Ela não quer reconhecer isso e move-se na loja como se enxergasse muito bem. Os souvenirs são preciosos e frágeis. Quando vejo Rosa e sua bengala na loja, tenho medo de que aconteça algum acidente com os souvenirs. Sou eu quem cuida da loja. Rosa só faz esperar a vinda dos viajantes. Os viajantes se fazem esperar cada vez mais. O lugar vai cair no esquecimento. Rosa diz que quando vender o último souvenir vai fechar a loja. Diz que falta pouco tempo para eu deixar as cascatas.

Quando Rosa me achou na gruta, eu não tinha nada. Ela sempre disse que não tinha visto ninguém subir à gruta por vários dias. Chamou-me Mélia[1], porque acha Mélia o nome mais bonito do mundo, junto com Rosa. Ela não me registrou, porque a administração municipal fica em Oat, e Oat fica a vários dias de estrada das cascatas. Rosa nunca mais voltou a Oat depois que se instalou no Ermitério. Ela sempre disse que o que importa não é que eu esteja registrada na prefeitura de Oat, mas que eu me chame Mélia.

Aconteceu o que tinha de acontecer. Rosa quebrou a mesa com os últimos souvenirs. Ela derrubou a mesa com a bengala. A mesa quase já não se mantinha de pé e virou. Todos os souvenirs estavam arrumados sobre a mesa e eram todos quebráveis. Rosa pediu que eu juntasse os souvenirs e fosse jogar os pedaços no rio. Quando chegarem lá nas cascatas, não estarão mais em pedaços, e sim em migalhas. Rosa ficou aliviada por não ter mais souvenirs para vender.

Quando voltei, após jogar os souvenirs quebrados no rio, Rosa disse que agora eu devia ir embora do Ermitério. Não acreditei nela. Então ela disse que havia chegado a sua hora. Ela sabe disso desde que a bengala bateu na mesa em que estavam os últimos souvenirs. Quer passar a última noite sozinha na gruta. Sempre viveu com seu livro de lendas. Quer terminar a vida como uma lenda. Quando me disse adeus, ela já estava longe. Disse que agora eu posso viver sem ela, lon-

---

[1] Árvore asiática de flores odoríferas, da família das meliáceas, que foi transplantanda com sucesso para a Europa. (N. do T.)

ge do Ermitério. O Ermitério é somente uma etapa. Ela viveu aí durante doze anos, como eu. Ela viveu seus últimos doze anos, e eu, meus primeiros doze anos.

Vi-a subir o caminho que leva à gruta. Estava de cabelos soltos. Reparei que tinha cabelos compridos e muito brancos. Trazia-os sempre escondidos sob a touca. Vi-a subir como se ela fosse outra pessoa.

No dia seguinte de manhã subi até a gruta. Rosa estava morta. Fechei os olhos dela. Fiquei muito tempo a seu lado, olhando-a. Ao meio-dia, quando o sol entrou, a luz iluminou Rosa. Ela parecia dormir. É como se não estivesse morta. Enterrei-a na gruta, ali onde ela tinha me encontrado há doze anos. É um abrigo seguro. Gravei o nome dela na parede. E o meu também. Depois uni os dois nomes. Está escrito Rosa e Mélia na parede da gruta.

Rosa morreu no dia do meu aniversário. Tenho doze anos contados a partir do dia em que Rosa me encontrou na gruta. Quando acordei, logo vi o sangue nos lençóis. Minha primeira menstruação. Chegou no dia do meu décimo-segundo aniversário, que é também o dia da morte de Rosa. Rosa disse que eu logo ficaria menstruada. Ela via isso no meu corpo, que se desenvolveu muito em um ano. Explicou-me o que fazer quando se fica menstruada pela primeira vez, como se previsse que não estaria mais aqui. Ela disse que no dia em que eu ficasse menstruada, eu deveria deixar o Ermitério. Ela sabia ler os sinais. Enxergava tudo, apesar da péssima vista. Eu nunca enxerguei os sinais. Rosa dizia que, na minha idade, é normal não ver os sinais. Agora que Rosa está morta e que eu fiquei menstruada, tenho que ir embora. É preciso obedecer à Rosa, mesmo que ela não esteja mais aqui. Com certeza é um sinal o fato de eu ter ficado menstruada no dia do meu décimo-segundo aniversário, que é também o dia da morte de Rosa.

Rosa escreveu um endereço na última página do meu livro de lendas. É para este endereço que eu tenho que ir. Rosa não me deixou sem nada, deixou-me um endereço. Ela escreveu na última página do livro de lendas: rua dos Encantos 7, em Oat. Esta é bem a letra de Rosa. Oat fica no fim da estrada. Tenho apenas que seguir a estrada para chegar a Oat.

Antes de partir, tirei a placa. Rosa não me disse o que fazer com a placa. Não quero deixá-la pendurada sobre a porta de entrada, agora que vou para Oat e que Rosa morreu. É uma placa bem pequena. Nela, com as letras do antigo alfabeto, está gravado: Loja de Souvenirs. Embora a placa fosse pequena, tinha servido para atrair os viajantes para a loja de souvenirs. De que teria vivido Rosa sem a sua loja? Os souvenirs eram bem vendidos. Nunca me faltou nada no Ermitério. Rosa queria que eu tivesse tudo.

Vou deixar a porta do Ermitério aberta. Não posso fechá-la, porque Rosa perdeu a chave há alguns dias. Espero que os viajantes continuem a subir até as cascatas, mesmo agora, que a loja fechou e que Rosa morreu. Vou deixar tudo no lugar, como Rosa deixou. Rosa nunca me falou de sua vida antes do Ermitério. E no entanto ela teve uma longa vida antes de vir para as cascatas. Viveu doze anos nas cascatas comigo. Antes, vivera em Oat. Oat é o único lugar que ela conheceu, junto com o Ermitério.

2.

Pus minhas coisas pessoais na bolsa, as provisões para a viagem, a placa do Ermitério — é de verdade uma placa em miniatura, para caber na minha bolsa — e meu livro de lendas. Foi tudo o que consegui enfiar na bolsa. A placa é minha única recordação do Ermitério. Não é um souvenir como os outros, porque nunca esteve à venda. Não quis rever a gruta pela última vez, nem as cascatas. Voltei-lhes as costas sem me virar.

É a primeira vez que desço pela estrada. Até agora só tinha descido pelo rio. Não é uma estrada de verdade, desde que os caminhões pararam de usá-la. Só vejo árvores na minha frente e à minha volta. Entro cada vez mais na floresta onde nunca fui. Ando o mais rápido que posso, apesar da cólica. Rosa tinha dito que eu teria cólicas durante a minha primeira menstruação. Mas eu não achei que seriam tão fortes. Minha calcinha está manchada e toda molhada. E no entanto eu fiz tudo como Rosa havia explicado. Com certeza eu também ia manchar o meu vestido. Quando se anda, é desagradável sentir a calcinha molhada, sobretudo molhada pelo sangue. A menstruação é doída e desconfortável, ainda mais quando se tem uma longa caminhada pela frente.

Parei exatamente antes da noite cair, diante de uma cabana de lenhador. É uma sorte ter encontrado uma cabana tão perto da estrada. A cabana protege-me da floresta. Pus o dedo no ouvido para não escutar os barulhos da floresta. Eles me dão medo, agora que não ouço mais o ruído das cascatas. Troquei minha calcinha por outra limpa. Foi um grande alívio não me sentir mais molhada. É a minha primeira viagem. Felizmente o sono veio logo. Eu acabaria tendo medo, sozinha na cabana, no meio da floresta. Um sonho acordou-me. No sonho, vi Rosa com um vestido de noiva. Ela era muito moça, eu não a reconhecia. Eu segurava seu véu de noiva e chorava como nunca havia chorado. Achei graça de não ter reconhecido Rosa. Não estou triste porque ela morreu. Só chorei no sonho, mas não foi por causa da morte de Rosa que chorei.

 Retomei a estrada e andei o dia inteiro, mais uma vez sem encontrar ninguém. Os lenhadores partiram todos e as serrarias fecharam. Não há qualquer tipo de movimento na estrada. Ando sempre depressa, apesar das dores na barriga e agora também nas pernas. Não estou habituada a andar tão rápido assim, nem por muito tempo. Minha calcinha está de novo molhada. Desde que retomei a estrada, o sangue voltou a correr. O caminho não pára de descer. A floresta não é penetrável. Escuto o rio de longe, mas não o vejo. Dormi em uma cabana de lenhador, como na primeira noite, e mais uma vez sonhei com Rosa. Desta vez eu não estava lá para segurar o véu. Ela estava só com o vestido de noiva, ainda era moça, mas estava morta. É a floresta que me provoca esses pesadelos. No Ermitério, eu nunca sonhava com Rosa. Rosa morreu muito velha, e não jovem, como no meu sonho. Nem ao menos sei se ela algum dia se casou. Ela não tinha aliança no dedo. Se tivesse casado, teria uma aliança. Pode-se dizer que Rosa não tinha qualquer passado antes do Ermitério.

 No terceiro dia, eu não agüentava mais andar. Oat era mais longe do que eu pensava. Comi todas as provisões e estou no final das minhas forças. Disse a mim mesma que nunca chegaria ao fim da estrada. Foi então que reparei numa pequena serraria com um caminhão amarelo parado exatamente na porta. Estou salva, então, não vou morrer de fome e de cansaço na estrada que leva a Oat. O motorista está carregando o caminhão. Perguntei se ele podia me levar a Oat. Olhou-me como se eu fosse uma aparição. Com certeza é a primeira vez que ele vê uma menina chegar pela estrada das cascatas. Ele começou a rir. Disse que não podia querer nada melhor do que me levar a Oat. O caminhão amarelo é novinho e cheio de cromos por toda parte, e os cromos brilham de tão bem polidos que estão.

O motorista afinal disse para eu subir na cabine. É hora de partir. O banco é tão confortável que afundei nele. O motorista não era curioso. Não perguntou o que eu fazia na estrada, nem de onde eu vinha. Ainda estava sob o efeito da surpresa de me ver chegar pela estrada. E agora, estou aqui sentada ao lado dele, na cabine do caminhão. Ele não deve ter encontrado muitas pessoas na estrada da floresta, deserta como ela está agora. Ligou o rádio. É a primeira vez que ouço rádio. O rádio está muito alto, ainda mais alto do que as cascatas. O motorista me disse que é um rádio estéreo. Mostrou-me as duas caixas de onde sai o som. É por isso que ficamos bem envolvidos pelo som, porque ele sai de duas caixas ao mesmo tempo. Fiquei tonta, a música do rádio, o calor dentro do caminhão. O motorista só ligou o aquecimento para ter o prazer de apertar os botões, de me mostrar que tudo funciona. Chegou mesmo a me oferecer um cigarro, só para pôr o isqueiro em funcionamento. Há muitos botões no painel do caminhão. O motorista diz que este é o modelo mais aperfeiçoado de caminhão e que ele o comprou com suas economias. Eu disse a ele que nunca tinha fumado um cigarro antes. Ele riu de novo. Depois do primeiro cigarro, senti uma dor no coração. Tenho vergonha de sentir minha calcinha toda molhada. Com certeza ela vai manchar o estofamento novo do caminhão. O motorista abriu o vidro para que saísse a fumaça do cigarro. O ar entrou de um só golpe na cabina. Fiquei sufocada. Minha cabeça começou a rodar, porque eu estou num caminhão pela primeira vez. A estrada tem curvas. O motorista entra nas curvas com violência. E o caminhão sacode, por causa dos buracos na pista. Embora o motorista tenha se vangloriado da suspensão do caminhão, chego a sentir os sacolejos dentro da minha barriga. O motorista não sabe, como eu sei, o que é estar menstruada pela primeira vez. Ele aumentou o volume do rádio. Acompanha a música batendo as mãos sobre o volante. Perguntou quantos anos eu tenho. Eu disse que acabo de fazer doze anos e que fiquei menstruada pela primeira vez. Ele riu da coincidência. Olha para mim com muita insistência enquanto dirige e acompanha a música batendo com as mãos. Estou me sentido mal. Vejo tudo um pouco nublado. O motorista tem um jeito bastante simpático. A noite começa a cair. O motorista acendeu as luzes, primeiro as lanternas, depois os faróis. O tempo passa depressa na cabine do caminhão. Os faróis iluminam toda a estrada, de tão potentes que são. Não reconheço a floresta iluminada pelos faróis do caminhão. Rodamos muito tempo durante a noite através da floresta.

De repente, o caminhão saiu da floresta. Percebi luzes ao longe e vi que havia água dos dois lados da estrada. Pensei que era o mar. O motorista disse que era somente a lagoa. Antes do mar há a lagoa, e entre os dois está Oat. As luzes ao longe são as luzes de Oat. O motorista parou o caminhão do lado de fora da estrada. De noite, a lagoa parece ser imensa. O motorista apagou os faróis e acendeu a luz da cabine. Abaixou o rádio. Começou e me acariciar por baixo do vestido. Ele tem os gestos lentos. Foi o que reparei logo em seguida, e depois reparei no prazer que eu tinha de ser acariciada por debaixo do vestido pelo motorista do caminhão. Ele me falou no ouvido que era preciso que também isso me acontecesse. Melhor ainda que seja junto com a primeira menstruação. Então ele abaixou o encosto do banco. Não havia dito que o banco virava cama. É de fato um caminhão ultramoderno. Fez muito bem para mim ficar deitada. A cólica passou. O motorista ficou em cima de mim. Pôs a mão na minha calcinha. Para ele, não importava que eu estivesse menstruada. Tirou minha calcinha e depois tirou também o meu vestido. E continuou a me acariciar. Não é a mesma coisa, agora que ele tirou o meu vestido. Há sangue nas mãos do motorista e logo há sangue em mim, depois que ele me acariciou. O motorista me disse que eu sou muito bem formada para meus doze anos. Rosa já havia dito a mesma coisa. Mas Rosa nunca tinha falado dos motoristas de caminhão da estrada, certamente porque eles não sobem até as cascatas. Há uma mancha de sangue no estofamento do banco, onde eu estava sentada ainda há pouco.

O motorista do caminhão continuou a me fazer carícias. Eu deixei que ele fizesse. Fiz tudo como o motorista queria. Tive vontade de deixar. O motorista me tocou docemente, sem me fazer qualquer mal. No assento, o sangue misturou-se com o sangue. O motorista me disse que eu não sou arredia e que é bom ficar comigo no banco do caminhão. Eu disse que também achava bom ficar com ele no banco do caminhão. Fazia calor na cabine, tocava música no rádio. Eu não estava mais com cólica. Meu mal-estar tinha sumido.

O motorista do caminhão ligou novamente o motor e voltou para a estrada. Eu apertei o botão. A cama voltou a ser banco e eu me vesti. Atirei pela janela a calcinha molhada. Olhei para a lagoa. A calcinha caiu dentro da lagoa. A noite estava no final. De repente, começou o asfalto na estrada. No velocímetro, a agulha subiu até cem. O motorista disse que ele gosta de velocidade. Seu caminhão é feito para a velocidade, e não para se arrastar na estrada da floresta. Disse também que a serraria dele não é mais como era antes, ela não produz mais. A péssima venda de madeira preocupa-o. Mas logo depois ele disse que, com o caminhão, ele conseguiria se sair bem. Devo ter cochilado um pouco.

Não sou mais virgem. Rosa nunca me disse que eu devia continuar virgem. Depois da lagoa fica Oat. O motorista explicou-me a particularidade de Oat. Houve dois portos sucessivos. O primeiro porto foi construído à beira da lagoa. Era um porto interior. À beira da lagoa havia vários cais do porto, com os navios que carregavam a madeira. Para atingir o mar, os navios usavam o canal. O canal ligava o mar à lagoa. Mas o canal foi pouco a pouco se enchendo de areia, até não ser mais navegável. Foi então que construíram o porto marítimo, para os navios que não podiam mais chegar até a lagoa. Agora não existe mais o porto interior. A lagoa cresce. Ela cobriu os antigos cais do porto. Agora Oat é formada por dois pedaços, o porto marítimo e a cidade construída além da lagoa, no tempo do antigo porto. A cidade está ameaçada de desaparecimento, depois que construíram o porto marítimo. Com a crise da madeira, há cada vez menos navios no porto. O porto marítimo também corre o risco de desaparecer. O motorista pergunta-se para que construíram o porto marítimo. Há cada vez menos habitantes em Oat. Eu disse ao motorista que ia para o número 7 da rua dos Encantos. O motorista não conhece o porto. Diz que é impossível circular na cidade, porque as ruas são muito estreitas. Ele não conhece a rua dos Encantos. Meteu o caminhão pela avenida. É a grande avenida do porto. Deixou-me na calçada da avenida. Indicou-me a direção da cidade, lá embaixo, no final, do outro lado do terreno baldio. Deu-me seu endereço. Disse-me para eu não esquecer de me apresentar à prefeitura do porto. Todos os que chegam a Oat devem se apresentar. A prefeitura fica no alto da avenida, no edifício do escritório da alfândega. O motorista disse para eu procurar a senhorita Marta, a responsável pelo serviço de acolhimento.

O mar está bem diante de mim. Ele é agitado e todo azul. Não se parece com a lagoa. O motorista do caminhão escreveu o endereço num alfabeto que não conheço. Com certeza é o novo alfabeto. Não sei ler o endereço do motorista. Vou precisar aprender o novo alfabeto, agora que vou viver em Oat. Meu livro de lendas sempre fala do mar. Vejo os pássaros brancos, bem maiores do que os pássaros da floresta, que rodopiam no céu ao redor do grande navio amarrado no final do cais. Devem ser gaivotas. O motorista parou o caminhão no final do cais, em frente ao grande navio. No meu livro, às vezes as gaivotas sobem o rio até a nascente. No Ermitério, nunca vi gaivotas, talvez porque as cascatas façam muito barulho. Embora o mar seja muito agitado, ele é bem mais silencioso do que as cascatas. O céu parece maior e mais bonito à beira-mar. Minha menstruação foi embora. Fiz bem em jogar minha calcinha molhada pela janela do caminhão. Aqui eu não estou mais no Ermitério, mas sim em Oat. E agora que tive minha primeira menstruação e que não sou mais virgem, eu sou uma mocinha.

3.

O terreno baldio começa bem do outro lado da avenida. Deve chover muito em Oat. A ponta do terreno baldio está inundada. A água fica estagnada no terreno baldio. Perguntei onde ficava a rua dos Encantos. É depois da rua do Passo. Estou na rua do Passo. É uma rua estreita, com casas espremidas umas contra as outras. A madeira das fachadas está caindo, muitas casas parecem estar fechadas. A única surpresa boa é que o nome das ruas está escrito no alfabeto antigo. Faz muito silêncio na rua do Passo, que parece deserta. A rua dos Encantos é bem perto da rua do Passo. É uma rua mais larga, com casas maiores. A madeira das fachadas é envernizada, mas o verniz precisa ser retocado. Há balcões nas janelas. As persianas estão fechadas, exceto no número 7. O número 7 está, portanto, habitado. Quando levantei a cabeça, logo vi a placa. É a única placa da rua dos Encantos, e também não vi placas na rua do Passo. Na placa, com letras do antigo alfabeto, está escrito: Loja de Souvenirs. Bati a aldraba da porta várias vezes antes que um homem muito velho viesse abrir. Ele está enrolado num roupão que nem chega a ter cor, de tão velho que é. Disse a ele que eu estava vindo do Ermitério, da parte de Rosa. Ele é surdo, ouve muito mal o que lhe digo. Então eu tive a idéia de tirar da bolsa a placa do Ermitério. Ele pegou a placa, olhou-a com atenção e fez-me entrar na casa.

A casa é muito escura. O fundo do corredor dá para um pequeno quintal com uma árvore florida no centro. O velho abriu uma porta e disse que ali era o meu quarto. É um quarto pequeno, quase um quarto de criança, com uma cama estreita, uma escrivaninha e uma prateleira. A janela dá para o quintal. O velho disse o seu nome. Ele se chama Nem. Chamou-me de Rosa. Eu disse a ele que me chamava Mélia, e não Rosa. Ele disse que aqui eu estava na casa de Rosa, e não na casa de Nem. Antigamente Rosa morava nesta casa, antes que Nem viesse morar nela. Nem veio morar aqui há doze anos, quando a biblioteca fechou. Nem era o bibliotecário de Oat. Disse que ouvira falar muito de Rosa, mas que não a conhecera. Rosa não freqüentava a biblioteca e Nem não saía da biblioteca. Quando a biblioteca fechou, Nem soube que a casa de Rosa estava desocupada. Então teve vontade de ocupá-la. Quis que eu visitasse a casa toda. Os cômodos do andar de baixo estão vazios. A placa é mentirosa, não há loja de souvenirs no número 7 da rua dos Encantos. Está tudo cheio de poeira e de teias de aranha. A madeira está mofada. No andar de cima, os cômodos também estão vazios e a madeira mofa. Há muitos cômodos na casa de Rosa. Nem diz que o bairro dos Encantos era famoso no tempo do porto interior. O quarto de Nem fica embaixo do meu quarto e tem uma varandinha que dá para o quintal. Vê-se apenas a copa da árvore, como um buquê de flores cor-de-rosas. A prateleira está cheia de livros grossos. Nunca vi livros tão grossos. Meu livro de lendas fica pequeno perto deles. Defronte à varanda fica a escrivaninha com cadernos tão grossos quanto os livros.

Nem notou que eu estava olhando para os livros grossos. Deu-me um para folhear. Está escrito no alfabeto antigo, mas não se parece com o alfabeto antigo que Rosa me ensinou. Nem disse que é um alfabeto mais antigo ainda e que não é originário de Oat. Não sabe de onde vem. Ele encontrou os livros grossos numa caixa, no fundo do depósito da biblioteca. A caixa nunca fora aberta. Nem guardara a descoberta em segredo. Quando a biblioteca fechou e ele se mudou para o número 7 da rua dos Encantos, trouxe a caixa consigo. Desde então, dedicou todo o seu tempo ao estudo dos livros. Começou por decifrar o alfabeto, que ele não conhecia. Depois traduziu todos os livros da caixa. Traduziu-os para o alfabeto antigo de Oat. Os grandes cadernos empilhados sobre a escrivaninha eram as traduções dos livros. Nem deveria estar contente de ter terminado as traduções, mas não está. Disse que compreendera logo,

logo que havia decodificado mal o alfabeto. Disse que não consegue entender como decodificou mal o alfabeto. Disse que seu erro fora tomar como modelo o antigo alfabeto de Oat. Não era um bom modelo. Ele errara de caminho. Disse que vai mais devagar do que o tempo, enquanto é preciso ir mais depressa do que o tempo para decifrar aquele alfabeto. Compreender o tempo é decifrar o alfabeto. Nem disse que os dois são a mesma coisa. Não entendo nada do que Nem diz. Ele diz que está a ponto de perder suas faculdades e sua memória. Diz que perdeu tempo como bibliotecário de Oat. Agora não tem mais capacidade e está muito velho. Está muito tarde. Está chegando ao fim da vida exatamente onde deveria tê-la começado. Queria ter a minha idade, doze anos. Diz que doze anos é a idade boa para·se começar.

Quando passei de volta pelo quintal, percebi que havia um retrato pendurado na parede. É a foto de uma jovem. O retrato está amarelado e um tanto empalidecido. Nem diz que é o retrato de Rosa. Mas ele nunca vira Rosa. A Rosa velha não se parecia nem um pouco com este retrato. Nem pôs um aparelho no ouvido para me escutar melhor. O aparelho está muito usado e sacode na orelha de Nem. Não é fácil conversar com Nem, mesmo quando ele está de aparelho, por causa das sacudidelas, que o impedem de ouvir. Eu disse a ele que Rosa morreu. Ele disse que já sabia. Não podia saber. Ele sabe outra coisa. Quando fala de Rosa, é como se tivesse dito tudo. Repete que o tempo urge. Diz que a casa de Rosa não é aquilo que ele achava que era.

Nem deixou-me sozinha e pude finalmente instalar-me no meu quarto. Tirei minhas coisas da bolsa. Nem ficou com a placa do Ermitério. Parece que, sem a placa, fica faltando alguma coisa no meu quarto. Dormi sem perceber como eu estava cansada da viagem. Era totalmente imprevisível para mim uma mudança tão brusca e tão completa de vida. Quando acordei, Nem estava sentado numa cadeira baixa, no quintal, bem defronte à minha janela. O sol estava prestes a se pôr. Dormi muito tempo. Todo os dias Nem descansa no seu quintal, antes que a noite caia. Ele bateu na minha janela assim que viu que eu estava acordada. Abri a janela. O cheiro da lagoa entrou na minha janela. Não gosto deste cheiro. Nem falou-me de Mélia, sua empregada antiga. Ela morreu quando a biblioteca fechou. Nem ficou muito triste, diz que ela é insubstituível. É porque a empregada morreu que a casa de Rosa está tão maltratada assim e que há poeira por toda parte. Nem falou-me também de sua vizinha mais próxima, que se chama Mélia, como a antiga empregada. Mélia mora na travessa dos Encantos, bem atrás da rua dos Encantos. É ela que cuida de Nem e da casa. Todas as casas da rua dos Encantos estão vazias, exceto a de Nem. Nem diz que Mélia não se parece com a antiga empregada, embora tenha o mesmo nome. Ela não sabe cuidar da casa de Rosa. Nem disse que Mélia espera minha visita com impaciência. Pedi a Nem um mapa de Oat. Ele disse que não havia necessidade de mapa para conhecer Oat. Oat foi construída sem seguir qualquer tipo de plano, atrás da lagoa e, agora, ao longo da avenida do porto. Diz que o bairro dos Encantos é o mais belo dos bairros. Falou muito da praça das Guardas. Ela fica bem no final do bairro dos Encantos, mas não faz parte dele. Antigamente, todos os edifícios municipais de Oat ficavam reunidos na praça das Guardas. Foram todos eles fechando, uns depois dos outros. A biblioteca fechou por último. Nem morou muito tempo na praça das Guardas. Antes de ser bibliotecário em Oat, ele morava na rua dos Limites, que contorna a lagoa. Diz que há muito tempo a rua dos Limites não é mais habitável. Diz que o bairro da lagoa ficou cada vez menos habitável, por causa das enchentes. O bairro dos Encantos e a praça das Guardas não inundam. Nem diz que não sabe se fez bem em vir morar na casa de Rosa. Depois que Rosa foi embora, aquela ficou sendo uma casa de ninguém. Disse que Rosa fizera bem ao ir embora. Agora, que ele não é mais bibliotecário em Oat, Nem diz que ele é ninguém.

O fato de eu ter vindo me instalar na casa não mudou em nada a vida de Nem. Ele recebeu-me bem, mas não quer saber nada a meu respeito. Não chega mesmo a perguntar o que vou fazer em Oat. Ele dorme ao anoitecer. A instalação elétrica está quebrada. Os interruptores não acendem nada. É preciso iluminar o quarto com uma vela, como no Ermitério. Rosa nunca falara desta casa. E no entanto ela escrevera o endereço na última página do livro de lendas. Também nunca me falara de Oat. Não me sinto mal neste quarto. As velas clareiam o quarto todo, e não somente a cabeceira da minha cama, feito no Ermitério. Antes de dormir, li a Rainha das Fadas. É uma lenda muito misteriosa. A Rainha das Fadas desaparecera há muito tempo e as fadas procuram-na sem nunca a terem visto. Rosa dizia que há várias versões desta lenda. No meu livro só há uma. Fiquei contente porque o motorista do caminhão deixou o endereço, mesmo que eu não o saiba ler, porque não conheço o novo alfabeto. Não esqueço de tudo quanto devo ao motorista. Graças a ele, não sou mais virgem. Só faltava ter chegado virgem em Oat. Já basta não conhecer o novo alfabeto e não estar registrada na prefeitura. Vejo de novo o caminhão amarelo como se ele estivesse ali na minha frente, a cabine com o banco que virava cama. O motorista vai ter um trabalhão para tirar o sangue do forro do banco. Com certeza o banco vai ficar um pouco manchado. Por causa da mancha, o motorista não vai poder me esquecer nunca mais.

4.

Quando acordei, ouvi batidas de martelo. É Nem, trepado numa escada, que tira a placa. Diz que já estava mais do que na hora de retirá-la, porque a ferrugem começa a atacar as letras. Vista de perto, a placa da rua dos Encantos não se parece com a do Ermitério. A placa do Ermitério está intacta, não foi atacada pela ferrugem. Nem diz que hoje é dia do belchior passar. Vai vender-lhe a placa por um bom preço, porque faz muito tempo que o belchior a cobiça. O belchior já comprou todas as placas da rua dos Encantos. Faz muito tempo que ele espera que Nem lhe venda a sua placa para poder dizer que finalmente comprou todas as placas. O belchior também comprou tudo o que havia na casa de Rosa. Os cômodos estão vazios porque o belchior levou tudo. De repente, Nem lembrou da minha placa do Ermitério. Logo foi buscá-la e ficou muito tempo olhando para ela. Tive medo de que ele quisesse pendurá-la no lugar da que havia tirado. Mas não, ele devolveu-a. Disse que o belchior pagaria muito dinheiro pela minha placa. Há muito tempo ele procura uma placa exatamente igual à minha em todo o bairro dos Encantos. Não existe a menor chance de eu vender minha placa ao belchior. É a minha única recordação do Ermitério, e não um último souvenir a ser vendido. O rosto de Nem fica sombrio. Voltou para o quarto sem dizer nada. Deve ter voltado a pensar no alfabeto e no tempo que corre mais rápido do que ele.

Peguei o endereço do motorista do caminhão para mostrá-lo à senhorita Marta, a título de recomendação, e dirigi-me ao porto. Fui atingida pelo ar vivo do mar. O ar marinho não penetra em toda a parte da cidade que está virada para a lagoa. Subi a avenida até a prefeitura. A prefeitura fica no edifício do escritório da alfândega. Não tem um jeito importante. Há um escritório envidraçado que vai até o final do corredor. Eu disse à funcionária que viera falar com a senhorita Marta. Ela indicou-me o serviço de acolhimento, no fundo do corredor. Não era um escritório de verdade. Não se deve acolher muita gente neste lugar. Esperei um bocado de tempo pela senhorita Marta. A prefeitura estava vazia. A senhorita Marta chegou com um ar apressado, como se eu a estivesse perturbando. Foi logo perguntando em que navio eu chegara. Ela achava que não haviam anunciado a chegada de qualquer navio do continente. Não tive tempo nem de demonstrar minha surpresa à senhorita Marta e ela foi logo dizendo que não havia lugar para mim em Oat. Todos os lugares estão ocupados. Quando finalmente pude falar, disse-lhe logo que ela estava enganada a meu respeito. Eu não tinha chegado num navio, como ela pensava, mas vinha da estrada da floresta. E não viera do continente, mas das cascatas. A senhorita Marta olhou-me com espanto. Aproveitei para explicar minha situação e para falar do motorista do caminhão. Enquanto eu falava, ela pegou o endereço que eu lhe mostrava, olhou-o e pôs o papel no bolso. Finalmente sorriu para mim e disse que era a primeira vez que ouvia falar num caso como este. Disse que Rosa errara quando não me registrara na prefeitura de Oat. A prefeitura do porto fora aberta exatamente há doze anos. Certamente tinham feito um levantamento. A senhorita Marta quer que eu declare a morte de Rosa no escritório do registro civil. É o escritório envidraçado que fica na entrada do corredor. A senhorita Marta diz que Rosa deve ser declarada no registro de falecimentos como eu mesma deveria ter sido inscrita, há doze anos, no registro dos nascimentos.

    A senhorita Marta quis em seguida que eu tirasse uma carteira de identidade. Não posso viver em Oat sem carteira de identidade. Tirou para mim uma carteira de identidade provisória. Escreveu Mélia na carteira e ao lado de Mélia escreveu um número. Perguntei o que significa este número que não conheço. Ele fica no lugar do meu sobrenome, que é desconhecido. Mélia não é meu sobrenome, mas meu primeiro nome.

A senhorita Marta diz que o número vale o mesmo que um sobrenome para a prefeitura. Mélia não basta para me identificar, porque há muitas Mélias em Oat, enquanto meu número é único, é o 3175, devo sabê-lo de cor. A senhorita Marta pediu-me para voltar com um retrato, e então ela vai fazer uma carteira de identidade definitiva. Eu disse que não tenho retratos, porque nunca fui fotografada. A senhorita Marta deu-me o endereço do fotógrafo, na rua das Cegonhas, número 1. Era preciso dizer ao fotógrafo que eu vinha da parte da senhorita Marta. Há muito tempo ele não tira fotos, mas vai fazer uma exceção para mim, que venho da parte da senhorita Marta.

Aproveitei que a senhorita Marta estava de boa vontade comigo para perguntar-lhe como aprender o novo alfabeto. A senhorita Marta ficou muito interessada quando eu disse que conhecia o antigo alfabeto. Falou-me do projeto que tinha e que não podia realizar porque não conhecia o antigo alfabeto. Ela queria abrir uma biblioteca na prefeitura. Mas ninguém podia ler os livros da antiga biblioteca de Oat, escritos no alfabeto antigo. Se eu aprendesse o novo alfabeto, poderia traduzir os livros, e a senhorita Marta poderia então abrir sua biblioteca. Ela disse que era um bom sinal o fato de eu morar com Nem, o antigo bibliotecário de Oat. Disse que Nem arruinara a biblioteca quando se recusara a aprender o novo alfabeto. A senhorita Marta queria salvar a biblioteca do esquecimento. Disse que contava comigo para ajudá-la. Na minha idade, era coisa muito inesperada ser uma pretendente a um emprego de tradutora na prefeitura. Primeiro era preciso aprender o novo alfabeto. A senhorita Marta deu-me uma série de livros para eu aprender neles. É um método que ela mesma concebeu no tempo em que se preparava para ser professora. Mas a escola fechara exatamente antes do concurso. Agora a escola fica no continente. A senhorita Marta não quis deixar Oat, então ela nunca foi professora. Ela fez concurso para a prefeitura que acabara de abrir. Eu sou a primeira aluna dela. Ela disse que corrigiria meus exercícios. Rosa nunca me dissera que eu morava numa ilha. Oat é também o nome da ilha. Rosa nunca me falara do continente. Será que o fato de Oat ser uma ilha, e não um continente, muda tudo?

    A senhorita Marta disse que eu tinha que ir ao dispensário para a consulta médica. O dispensário faz parte do hospital. É a grande casa branca que se vê quando se desce a avenida. É preciso saber de antemão que ali fica um hospital. A senhorita Marta zela pessoalmente pelo bom funcionamento do dispensário. Todos os viajantes que vêm do continente devem fazer consulta médica. É um decreto da prefeitura de Oat. A senhorita Marta diz que isso é capital para proteger Oat das doenças do continente. As doenças do continente são a sua obsessão. Oat está se despovoando por causa das emigrações para o continente. Não é possível que os habitantes que restam sejam dizimados pelas doenças do continente. A senhorita Marta não cuida apenas do serviço de acolhimento. Ela quer abrir uma biblioteca e zela para que os decretos municipais sejam respeitados. Ela diz que um porto marítimo é sempre propício à propagação das doenças. Até agora, graças à consulta médica obrigatória, Oat foi preservada e a população vive até a velhice. Não imagino que doença eu poderia pegar nas cascatas. Mas a senhorita Marta não faz exceção à regra. E o decreto municipal não faz diferença entre o continente e as cascatas.

    Desci de novo a avenida até o porto de pesca. A avenida vai do porto de pesca até o edifício do escritório da alfândega. O porto marítimo não se desenvolveu por causa do mau comércio da madeira. Ele fora construído numa péssima hora. Nos cais do porto de pesca, os barquinhos espremem-se uns contra os outros. Oat vive agora principalmente da pesca. Há um único barco grande de pesca no meio de todos os barquinhos. Diante do grande navio que vi quando cheguei a Oat, este é um barquinho, mas diante dos barquinhos, é um verdadeiro barco. Sentei-me no pontão que fica exatamente em frente ao barco. Inutilmente disse a mim mesma que tudo que ficava lá adiante era o continente. Não via nada além do mar. Então, era como se o continente não existisse. Os barquinhos eram velhos. O barco também era velho, só que o nome dele acabava de ser pintado de novo. Estava escrito no alfabeto novo.

    Um jovem pescador estava sentado no pontão próximo. Ele acabara de sair do barco. Trazia a comida dentro de uma sacola. Ofereceu-se para dividi-la comigo. Disse-me que se chamava Yem. Perguntei se ele já fora até o continente. Nunca fora e não tinha vontade de ir. Nem eu, não tinha vontade de ir lá. Yem tem dezesseis anos. Ele é grande para a idade. Eu também sou grande para a minha idade. Yem diz que é a primeira vez que uma mocinha vem sentar-se no pontão diante do seu barco. Pedi que lesse o nome do barco. É Rainha das Fadas. Não reconheci este nome escrito no alfabeto novo no barco de Yem. E era um nome que eu conhecia bem, pois é o título de uma lenda do meu livro. É engraçado como um nome muda quando passa do antigo para o novo alfabeto. Pode-se dizer que não é o mesmo nome. Yem está orgulhoso de trabalhar no seu barco. O patrão da Rainha das Fadas ensina-lhe tudo o que é preciso saber. Yem mora na pequena cabine que fica exatamente no convés do barco. Diz que nasceu num barco que tornara a partir há muito tempo. É a primeira vez que ele não tem vontade de mudar de barco. Até agora, todos os barcos lhe davam inveja. Convidou-me para visitar a Rainha das Fadas da próxima vez que eu vier sentar no pontão. Hoje ele não tem tempo. Os olhos de Yem são da cor do mar. Disse a ele que eu tinha vindo das cascatas. Ele não conhecia as cascatas. Em Oat, ele só conhecia o porto. Disse a ele que eu nascera numa gruta. Ele nascera num barco e eu nascera numa gruta. Não é a mesma coisa. O patrão do Rainha das Fadas chegou. Yem seguiu-o, disse-me até logo. Eu voltarei a sentar no pontão. Quero visitar o barco de Yem. Esqueci de dizer-lhe que o barco tem o mesmo nome de uma lenda do meu livro. Só que os alfabetos não são os mesmos.

5.

Não tive coragem de pedir à senhorita Marta que me devolvesse o endereço do motorista do caminhão. Mas fiquei chateada porque ela não me devolveu. Nem não desceu para abrir a porta quando eu bati na aldraba, e, no entanto, eu batera com muita força. Então aproveitei para visitar Mélia. Pode-se pensar que a travessa dos Encantos é a rua dos Encantos se na placa não estivesse escrito travessa, em lugar de rua. Só há uma casa com as persianas abertas. É a mesma casa que a casa de Nem, com madeiras envernizadas e varandas. Agora que Nem tirou a placa, não haveria meios de distinguir as duas casas se uma não ficasse na rua dos Encantos e a outra na travessa. Eu apenas encostei na aldraba da porta e Mélia já veio abrir. Ela é pelo menos tão velha quanto Nem. Mas adora visitas. Fez logo com que eu entrasse, sem ao menos perguntar quem eu era. Não é surda como Nem. Não preciso gritar para falar com ela. Para a idade, ela até que é bem galante. Está com um vestido de lã bordado de cinza pérola, com um xale combinado e bonitos chinelos também combinados, e uma touca parecida com a de Rosa. Foi logo dizendo que está muito contente de que eu me chame Mélia, como ela. Ela achava que Mélia era um nome que não se usava mais. Disse que sou bem-vinda em sua casa. Agora ela vive isolada de tudo e de todos. Diz que Nem não é um verdadeiro vizinho, que ele está perdido no bairro dos Encantos.

Mélia quis que eu visitasse a casa. O interior não se parece em nada com a casa de Nem. Há lâmpadas acesas em todos os cantos, apesar do dia claro. Mélia explica que é por causa do começo de uma catarata. Ela tem um começo de véu diante dos olhos. Quando se aproxima de uma lâmpada, tem a impressão de que o véu desaparece. Então, ela usa o máximo possível de lâmpadas para fazer de conta que o véu desapareceu. A casa de Mélia parece habitada, mesmo que ela esteja vazia. Mélia abre todas as portas para que eu veja todos os quartos. É sempre o mesmo quarto, com uma grande cama e um espelho de moldura dourada sobre a cama. A moldura dourada me fez pensar no espelho de Rosa. Mas o dela era um espelho em miniatura, porque ela o segurava com as mãos. No final, Rosa passava horas na frente do espelho. Como ela enxergava muito pouco, pergunto-me o que ela olhava. O espelho de Rosa fazia parte dos souvenirs que ela quebrou no último dia. Mélia disse que nada mudou nos quartos. Ainda há vestidos e xales nos baús. Mélia não vendeu coisa alguma ao belchior. Ela vive há doze anos sozinha nesta casa. Diz que nunca conheceu a proprietária, que morreu sem herdeiros. Mélia é a última encarregada da casa. Antes dela houve muitas outras encarregadas. A casa é muito antiga. Outrora havia uma pensionista em cada quarto. Mélia cuidava de todas elas. Perguntei por que as pensionistas tinham ido embora se a casa era tão acolhedora. Mélia disse que o bairro dos Encantos ficou vazio de repente quando o porto interior fechou. Ela não quis abandonar a casa porque era a última encarregada. Perguntou onde eu morava antes de morar com Nem. Respondi que sempre morei no Ermitério com Rosa. Mélia diz que conheceu Rosa. Rosa foi pensionista em sua casa. Mélia mostrou-me o quarto de Rosa, o quarto 3. Na parede está pendurado o retrato de uma jovem. Mélia diz que é o retrato de Rosa. Mas este retrato não se parece com o que fica no corredor da casa de Nem. Perguntei a Mélia se Rosa morara na casa dela e na casa de Nem. Mélia não soube responder. Ela não tem mais boa memória. Confunde os nomes e as datas. É a primeira visita que recebe depois de doze anos. Nem nunca vem visitá-la. Mélia diz que ele pensa que ela é sua antiga empregada. Diz que a casa dela é a casa de Rosa. Agora, que a casa está desabitada, ela se aborrece muito. Antigamente as pensionistas recebiam muita gente. Era sempre uma festa. Agora a travessa dos Encantos não é mais nada, ninguém passa nela. Mélia fica com um jeito triste quando pensa no passado.

    Mélia convidou-me para ir à sua sala. Como ela é a encarregada, tem uma sala pegada ao quarto. Quis que eu sentasse na melhor poltrona. Fez questão absoluta de que eu provasse os licores. Os licores eram a especialidade da casa. Cada uma das pensionistas tinha seu licor e oferecia-o aos seus convidados. Mélia diz que os licores melhoram com o passar do tempo. Então eles são melhores do que antigamente. Ela me oferece uma gota de cada um para que eu possa experimentar todos eles. Não tenho o hábito de beber licor, eles fazem minha cabeça rodar. Mélia não tem pressa de que eu vá embora. As mãos dela tremem. Derramando os licores em pequenos copos, ela derruba um bocado. Ela me lembra Rosa. No final, as mãos de Rosa também tremiam quando ela segurava o espelhinho. Mélia não pára de repetir meu nome, que é também o dela. Talvez ela repita tanto para se lembrar de que se chama Mélia. Pediu-me para eu vir morar com ela. Diz que Nem não tem necessidade de companhia, só precisa de alguém que cuide dele e de sua casa para substituir a antiga empregada que morreu. Eu disse a Mélia que Rosa escrevera rua dos Encantos 7 na última página do meu livro de lendas, e não travessa dos Encantos. Escrevera rua. Mélia diz que a rua dos Encantos é a travessa dos Encantos. As placas haviam caído e o funcionário municipal enganara-se ao recolocá-las. O funcionário municipal não conhecia o bairro dos Encantos, só conhecia a avenida do porto. Ele sempre se engana quando recoloca as placas. Quando a gente pensa que está numa rua, está numa travessa. Eu disse à Mélia que prefiro confiar nas placas tais como elas estão agora. Mélia fez um ar triste. Para consolá-la, disse que virei vê-la muitas vezes. Ela disse que eu viesse vê-la todas as quintas-feiras. Antigamente, as quintas-feiras eram o seus dias preferidos de visita. Já esqueceu que me pediu para vir morar com ela. Pensa na quinta-feira que vem e nas quintas-feiras de antigamente.

Perguntei-lhe onde fica a rua das Cegonhas. A rua das Cegonhas é pertíssimo, no final da travessa dos Encantos. Mélia tirou um molho de chaves do bolso e deu-me uma delas. Disse que esta chave abre a casa dela e a casa de Nem. É a mesma fechadura. É a chave da casa de Rosa.

A rua das Cegonhas é uma rua que só tem uma casa. Compreendo por que o fotógrafo mora no número 1, uma vez que é o único número da rua. Mora numa grande casa de pedra. É a primeira casa de pedra que vejo em Oat. É uma construção sólida, não tem nenhum pedaço destruído. O fotógrafo está com uma roupa preta, com certeza uma roupa de fotógrafo. É idoso, mas bem menos do que Nem e Mélia. A casa fica numa encruzilhada. Ele diz que ela fica bem no centro do bairro dos Encantos. Mas ela é uma intrusa, não faz parte do bairro dos Encantos. Fui logo dizendo ao fotógrafo que eu vinha da parte da senhorita Marta para tirar um retrato. Ele fez com que eu entrasse num cômodo bem grande. Não há um cômodo tão grande assim na casa de Nem ou na de Mélia. É uma sala de exposição, com máquinas fotográficas instaladas em todo canto sobre bancos altos. Certamente estou na casa de um fotógrafo. Ele foi dizendo que as máquinas não funcionavam. São máquinas muito antigas, peças raras que constituem a coleção pessoal do fotógrafo. Todas as máquinas vêm do continente. Foi o belchior que as comprou para o fotógrafo, em suas viagens ao continente. A coleção não está terminada. O fotógrafo espera que em breve ela possa estar fazendo concorrência à coleção do Museu do continente. Ele acha que está faltando um museu em Oat. Quando a coleção estiver completa, ele vai abrir o museu de Oat, no número 1 da rua das Cegonhas. Quer que a senhorita Marta seja a diretora. Ele acha que ela não está no seu verdadeiro lugar na prefeitura do porto. Foi pensando na senhorita Marta que ele fez a coleção, para que ela seja a diretora do museu do qual ele será o fundador. Há um laço com a senhorita Marta. Antes de ser fotógrafo, ele disse que fora arquiteto. Disse que nunca exercera a profissão por achar que é uma profissão impraticável. Agora também acha que a fotografia é uma profissão impraticável. É por isso que se dedica a completar a coleção para o futuro museu de Oat. Descreve para mim as características de cada máquina, como se eu fosse uma visitante do museu. Para mim, todas as máquinas se parecem, embora cada qual tenha suas características.

Felizmente o fotógrafo lembrou de repente que eu viera para tirar um retrato. Disse que esta é a última foto para a prefeitura. Vai tirar o meu retrato para agradar à senhorita Marta. Disse que a senhorita Marta cresceu no bairro dos Encantos. Ela sempre se sentira atraída pela casa do fotógrafo. Diz que a senhorita Marta não evoluiu na direção que ele desejaria. Não a reconhece mais, desde que ela começou a trabalhar na prefeitura do porto. Diz que isso acontece por causa dos lugares que ela freqüenta. Fica com o jeito triste quando pensa no que a senhorita Marta se tornou. Pode-se dizer que ele esquece do futuro do seu museu. Tirou de um armário uma pequena máquina nova que não tem nada a ver com as velhas máquinas da sua coleção. É o último modelo de polaróide, o mais aperfeiçoado que existe. Faz instantâneos a cores de excelente qualidade. O fotógrafo quis oferecê-la à senhorita Marta, mas ela não quis aceitar. Ele sentou-me num banquinho diante da janela. Ouvi um clique na polaróide. Poucos minutos depois, eu tinha minha fotografia. Fiquei olhando para mim por muito tempo. Não é nada parecido quando me olho no espelho. No verso da fotografia, escrevi: *Mélia aos doze anos fotografada pelo fotógrafo de Oat na rua das Cegonhas número 1*. Para mim, é um acontecimento ser fotografada pela primeira vez. O fotógrafo disse que não adiantava nada eu escrever no verso da fotografia, porque a senhorita Marta vai colar o retrato na minha carteira de identidade e eu não vou poder reler o que escrevi. Isso não importa. Mesmo assim, eu tinha necessidade de escrever no verso da minha primeira fotografia. Escrevi em letras miúdas, da melhor forma que pude, escrevi no alfabeto antigo. Espero em breve escrever também no alfabeto novo.

Eu já tinha ido embora quando o fotógrafo me chamou. Era para me dar a polaróide. Não quer mais polaróides. Encarregou-me de dizer à senhorita Marta que nem excepcionalmente fará mais retratos para a prefeitura. Não quis que eu agradecesse pela polaróide. Mostrou-me como ela funciona. Ela tem um filme com doze poses. Restam-me agora onze poses para tirar. É totalmente inesperado para mim ter uma polaróide e poder fazer instantâneos em cores. Arrumei a polaróide na bolsa. De agora em diante, vou sair sempre com a minha polaróide, para tirar uma foto, quando for o caso. O fotógrafo não está nem desconfiado do presente me deu. A polaróide é bem melhor do que toda a sua coleção de velhas máquinas para o futuro museu de Oat.

A chave que Mélia me deu abre a porta da casa de Nem. Nem não está sentado à sua mesa. Está sentado na varanda do quarto e olha para a árvore florida. As primeiras flores acabam de cair por causa do vento que começou a soprar há pouco. Formou-se um tapete cor-de-rosa exatamente ao pé da árvore. O vento entra no quarto, isso torna mais forte o cheiro da lagoa. Com certeza vai chover.

Fui logo mostrando meu retrato a Nem. Ele acha que não está parecido. Não sei o que ele está dizendo. Um retrato é sempre parecido. É porque ele não está habituado com as fotos em cores. O retrato pendurado na parede do corredor é em preto e branco. Ele diz que é um retrato parecido. Como ele pode saber? Não posso confiar no que ele diz. A estante está vazia. Ele pôs os livros grossos de volta na caixa. Os cadernos grossos desapareceram da escrivaninha. Alguma coisa aconteceu.

Nem demorou um tempo antes de me contar sobre a visita do belchior. Quando o belchior passou para comprar a placa, Nem levou-o até o quarto. Nem disse que de repente ele quis saber o que o belchior achava dos livros grossos que ele nunca mostrara a ninguém. O belchior logo os reconheceu. Eram velhos livros do continente e o alfabeto antigo que Nem decodificara tão mal era o alfabeto antigo do continente. Nem nunca fora ao continente, portanto não poderia conhecer o alfabeto antigo do continente. O belchior interessou-se pelas traduções de Nem. Disse que as traduções que Nem fizera dos velhos livros do continente para o alfabeto antigo de Oat eram as únicas existentes e que são boas traduções. Propôs a Nem comprá-las para revendê-las à Biblioteca do continente. Nem concordou em vendê-las para se livrar delas. Mas continua a achar que são péssimas traduções e que ele decodificara mal o alfabeto. Diz que o belchior não conhece bem o alfabeto antigo e que o julgamento dele não vale nada. Diz que, como nasceu em Oat, ele não conseguiu decifrar o alfabeto antigo do continente. Disse que teria que ter nascido no continente, e não em Oat. Diz que toda a sua vida é um erro, e que até o seu nascimento é um erro. A escrivaninha dele está vazia, agora que vendeu os cadernos grossos para o belchior. Nem diz que passou a vida fechado na biblioteca estudando o alfabeto antigo de Oat, enquanto era preciso ter estudado o alfabeto antigo do continente. Ele não sabe mais o que está fazendo na casa antiga de Rosa. Diz que nunca foi ninguém, que mesmo quando era bibliotecário de Oat ele nunca tinha sido ninguém.

Antes de ir deitar, Nem disse que eu chegara muito tarde. Ele me confunde com a menina do retrato do corredor. Ele me toma por Rosa, mesmo quando digo que me chamo Mélia, e não Rosa. Olhei mais uma vez o meu retrato. Ele não está parecido com o do corredor. Não tenho retratos de Rosa. Ela não devia gostar de retratos, senão teria me dado um. Rosa, confundo-a um pouco com Mélia. Felizmente não moro com Mélia. Poderia acabar dizendo que Mélia é Rosa. Logo agora, que eu quero que Rosa seja Rosa. Os nomes misturam-se facilmente quando a gente não presta atenção. É o que deve estar acontecendo com Nem, que acha que eu sou Rosa, quando na verdade me chamo Mélia. Rosa, nunca soube o sobrenome dela. No registro civil, quando quis declarar seu falecimento para obedecer à senhorita Marta, eu só tinha o primeiro nome para declarar. A senhorita Marta achou que não era suficiente. Por sorte, a funcionária estava no telefone. Não ouviu nada quando eu declarei a morte de Rosa, porque ela estava com fones no ouvido. Pensou que eu estava dizendo até logo, não achou que eu estava declarando um falecimento. Então ela não registrou a morte de Rosa no livro de registros. Se a senhorita Marta soubesse, ia ficar aborrecida. Mas eu mesma prefiro que Rosa não esteja declarada no registro de falecimentos da prefeitura de Oat. Isso não impede que ela esteja morta.

6.

A senhorita Marta achou que o meu retrato está muito parecido comigo. Colou-o na minha carteira de identidade provisória. Carimbou a estampa da prefeitura sobre a foto e rubricou o carimbo. E agora estou em posse de minha carteira de identidade definitiva. É preciso muito pouco para passar de uma carteira de identidade provisória para uma carteira de identidade definitiva. Eu disse à senhorita Marta que o fotógrafo encarregara-me de dizer-lhe que não faria mais retratos para a prefeitura. Disse-lhe também que ele me dera a polaróide. A senhorita Marta disse que ele fizera bem, a polaróide é coisa própria para a minha idade. Ela não gosta que eu lhe fale do fotógrafo. Mesmo assim, perguntei-lhe se ela ficaria satisfeita de ser diretora do futuro museu de Oat. Ela disse que nunca haverá museu em Oat. Os moradores não se interessam por máquinas fotográficas, e os viajantes que fazem escala em Oat já visitaram o Museu do continente, que não tem nem comparação com o museu que o fotógrafo quer abrir. A senhorita Marta diz que a fotografia foi o erro de juventude dele.

Não há a menor possibilidade de a senhorita Marta abandonar o posto na prefeitura. Ela já construiu uma situação com o posto. Não é uma simples funcionária do serviço de acolhimento, embora tenha conservado este título. Agora ela é adjunta do prefeito. E como o prefeito foi morar no continente, é ela que toma as iniciativas. Ser adjunta do prefeito quando o prefeito está ausente é quase ser prefeito. A senhorita Marta espera poder substituí-lo nas próximas eleições. O prefeito não vai se candidatar mais, porque não quer mais vir a Oat. A senhorita Marta acha que tem todas as chances de ser eleita. Ela deu provas de sua competência ao exercer as funções de adjunta do prefeito. Ela quer o desenvolvimento do porto de Oat. É uma sorte que ela se interesse por mim, tendo em vista as altas funções que ocupa na prefeitura.

Nem vive fechado no quarto. Diz que agora quer esquecer o tempo para esquecer o alfabeto antigo do continente. Quer esquecer o alfabeto antigo do continente. Diz que se conseguir esquecer o tempo, talvez recupere a memória. Depois que começou a chover, chove quase sem parar. A metade do terreno baldio está inundada. Estou aprendendo o alfabeto novo, graças aos livros que a senhorita Marta me deu. É fácil aprendê-lo. Trabalho de manhã à noite em meu quarto. Avanço com rapidez. A senhorita Marta corrige meus exercícios. Há zero de erro. A senhorita Marta acha que sou boa aluna e que tenho muita capacidade. Já sei ler os cartazes da prefeitura. Todos os decretos municipais estão afixados no corredor da prefeitura. A senhorita Marta quer que eu me inscreva para o concurso como candidata independente. Diz que é sempre bom ter o certificado, sobretudo quando não se tem um diploma. Na época da senhorita Marta, podia-se obter o diploma como candidata independente, mas agora isso não é permitido. Todas as moças de Oat que tinham condições de passar foram para o continente preparar-se para obter o diploma e não voltaram. A senhorita Marta deu-me novos livros para que eu complete meu aprendizado do novo alfabeto e para que eu me prepare para o concurso. Gosto muito de estudar sozinha no quarto. Chove todos os dias. O barulho não me atrapalha. Nem não faz barulho algum. O programa do concurso é simples. Rosa ensinou-me muita coisa. Ela sabia bem mais do que é preciso para passar no concurso. Ela me transmitiu o gosto pelo estudo sem que eu percebesse.

Não serei tradutora, porque não haverá biblioteca na prefeitura, como era o desejo da senhorita Marta. O prefeito deu ordens para que se expedissem os velhos livros da antiga biblioteca de Oat para a Biblioteca do continente. Quanto mais eu aprendo o novo alfabeto, mais eu acho que teria tido dificuldades para a tradução. É melhor que eu passe no concurso e postule o posto de secretária da prefeitura, que está vago. A senhorita Marta mora sozinha em um alojamento funcional no último andar da prefeitura. Consagra todos os seus dias à prefeitura, com exceção do domingo. O tempo passa depressa para se terminar de estudar o alfabeto novo e preparar-se para o concurso. A senhorita Marta está satisfeita comigo. Ela diz que agora que trabalhei com afinco vou poder aproveitar o meu domingo. Ela diz que será uma surpresa.

    Passei para apanhar a senhorita Marta às quatro horas. É o primeiro domingo que passo com a senhorita Marta. Ela resolveu levar-me ao chá-dançante do Continental. Disse que o Continental é o bar mais chique e mais freqüentado do porto. Fiquei surpresa de ver a senhorita Marta em roupas de domingo. Nunca a vira tão elegante. Na prefeitura, ela está sempre vestida com roupas severas. Ela pôs um vestido justo de cetim preto, com uma gola branca que combina muito bem e um pequeno chapéu que também combina com a roupa. Calçou sapatos de salto alto que a fazem parecer mais alta e carrega uma pequena bolsa de pele de lagarto combinada com os sapatos. Felizmente eu trouxe a polaróide na bolsa. Tirei minha primeira foto diante do Continental. No verso da foto, escrevi: *A senhorita Marta no seu vestido preto justo com gola de pele branca, tudo muito combinado, diante do Continental no dia do meu primeiro chá-dançante.* É uma boa foto de verdade. Vê-se a placa do Continental atrás da senhorita Marta. Escrevi no alfabeto antigo, com a letra menor que pude. Mas agora que também sei escrever no alfabeto novo, posso escolher entre os dois alfabetos. A senhorita Marta acha que eu sou mesmo muito criança porque escrevo no verso dos retratos. Disse a ela que não sou mais uma criança, pois já fiquei menstruada uma vez e não sou mais virgem. Ela sorriu, disse que isso não impede que eu seja mesmo uma criança.

    Sentamos o mais perto possível da pista de dança para poder ver melhor. A senhorita Marta pediu duas tortas e dois chocolates. Ela está com os olhos brilhando. Dançou todas as danças. Muda freqüentemente de par. Fui eu quem tomou os dois chocolates e comeu as duas tortas. Estava com muita fome e com muita sede. Perguntei à senhorita Marta se ela vinha sempre aos chás-dançantes do Continental. Ela vem todos os domingos. É uma freqüentadora assídua. Entre as danças, ela desce muito até o banheiro. Vi-a descer pela escada. No alto da escada que fica no fundo da pista de dança há um cartaz onde está escrito: Banheiros, e uma seta que desce. Agora que conheço o novo alfabeto posso ler todos os cartazes. Não ouso seguir a senhorita Marta. E no entanto também estou com muita vontade de descer até o banheiro. Não quero que ela pense que eu a sigo em toda parte e que sou curiosa. Foi muito gentil por ter me trazido ao chá-dançante. Eu nunca teria vindo sozinha, porque os menores de idade têm que vir acompanhados. Não quero ser um peso para a senhorita Marta. Ela deve ter seus hábitos. Vem aqui todos os domingos.

Recusei quando me convidaram para dançar. Por ser primeira vez, prefiro olhar e estudar os passos da dança. Não parece ser difícil, basta seguir o ritmo, como a senhorita Marta, que dança muito bem, seguindo exatamente o ritmo. A senhorita Marta disse que eu tenho sorte, porque a *juke-box* acaba de ser entregue. Até agora só havia toca-discos no chá-dançante do Continental. A senhorita Marta acha que a música da *juke-box* não tem nem comparação com a do toca-discos. De dentro do Continental não se enxerga o mar, por causa das pesadas cortinas das janelas. A claridade é coada. Ninguém diria que está de tarde. Reparei que, quando a senhorita Marta desce até o banheiro, sempre há um par seguindo-a.

Quando saímos do Continental, passamos pela avenida do porto. Passamos em frente ao Bochincho[2]. Perguntei à se-

---

[2] Em francês, *Bastringue*, termo popular que designa um baile de taberna correspondente ao arrasta-pé, ao bate-pé, ao rala-bucho, à gafieira, ao forró. (N. do T.)

nhorita Marta se também há chás-dançantes aos domingos à tarde no Bochincho. A senhorita Marta disse que sim, mas são mal freqüentados. Mas o Bochincho parece ter um bom ambiente, com uma orquestra, e não uma *juke-box*, e o terraço que avança sobre o mar está entupido de gente. A senhorita Marta repetiu que o Continental é mais seleto que o Bochincho. Não quero contradizê-la. Ela de fato tomou-se de simpatias por mim. O Continental é a sua loucura. Confessou-me, como se fizesse uma confidência que jamais contara a alguém, que vinha ao Continental também à noite. Era um chá-dançante reservado para os sócios do clube. De madrugada, o Continental é um clube *privé*. A senhorita Marta tirou da bolsa de pele de lagarto a carteira de sócia do clube. Só dão carteira aos sócios maiores de idade. Então eu não irei ao Continental de madrugada com a senhorita Marta. Certamente há uma grande diferença entre a tarde e a noite no Continental. A senhorita Marta parece preferir as noites. Com certeza é depois de passar uma noite no Continental que, na manhã seguinte, ela fica com o ar abatido e que parece ter de repente mais idade do que tem de fato.

 Para que eu pudesse acompanhá-la ao chá-dançante, a senhorita Marta deu-me um vestido de veludo vermelho com um bolero. É um vestido que se amolda às formas do corpo, que realça o corpo. A senhorita Marta diz que este foi o seu primeiro vestido de moça. Ela ficou contente de que eu o vestisse, porque ela diz que tinha o mesmo corpo que eu quando tinha a minha idade. Isso não é bem verdade. O vestido aperta um pouquinho. A senhorita Marta diz que o corpo dela se formou com a mesma idade que o meu. Mas eu devo ser maior do que ela. Ela deu-me também um par de sapatilhas vermelhas que combinam com o meu vestido. Eu preferia que ela tivesse me dado sapatos de salto alto, para que eu parecesse mais alta. É a primeira vez que me visto de vermelho.

Esperei a chegada do domingo durante toda a semana. No domingo, passei para apanhar a senhorita Marta precisamente às quatro horas. Ela estava com o vestido justo de cetim preto e eu, com o vestido de veludo vermelho de bolero. Sentamos à mesma mesa que fica à beira da pista. É uma mesa especialmente reservada para a senhorita Marta. Desta vez, não deixei de dançar uma única vez. Dancei com Pim. Pim é marinheiro. Chegou mesmo a esclarecer que é aprendiz de oficial. Toda semana ele faz a viagem de ida e volta, num grande navio, entre Oat e o continente. Aos domingos, o navio sempre faz escala em Oat, porque os oficiais de equipagem apreciam muito os chás-dançantes do Continental. Pim é um bom dançarino. Sabe me guiar. Diz que eu danço muito bem para uma primeira vez. Depois de várias danças, houve um intervalo. Pim propôs que descêssemos ao banheiro. Entrou comigo no banheiro de mulheres. Eu não disse nada. Ele tinha jeito de quem conhecia tudo. A primeira cabine estava ocupada, eu entrei na segunda. Pim entrou comigo. Ele fechou o trinco da porta. Agora, as duas cabines estão ocupadas. Eu fiz tudo do jeito que Pim queria. Ele tem mais prática com os banheiros de mulher do que eu. Disse que os banheiros de mulher do Continental são famosos e que é por causa dos banheiros que o Continental tem tamanha freqüência nos domingos à tarde. Embora Pim seja oficial aprendiz, ele tem experiência. Quis que eu ficasse de joelhos na borda do vaso do banheiro. Tirou minha calcinha, mas quis que eu ficasse de vestido e de sapatilhas. Somente levantou o meu vestido. Não perdeu tempo me fazendo carinho. Quis fazer tudo logo de uma vez. Disse que é preciso não faltar à próxima dança. Mas o intervalo dura o tempo necessário. Por trás, foi a primeira vez. Pim mordeu meu pescoço e enfiou as unhas na minha barriga. Eu apertei bem forte o cano da caixa de descarga. Soltei um gritinho. Pim pôs as mãos na minha boca. Não se pode gritar nos banheiros do Continental, é feio. Quando acabou de ter prazer, Pim disse que nunca tinha visto um traseiro tão belo. Agora eu sou ainda mais mocinha de verdade, desde que Pim me pegou por trás, de joelhos na borda do vaso. Gosto bastante de descer aos banheiros de mulheres com Pim. Subimos para a pista de dança assim que ouvimos a música da *juke-box*. Mas ainda descemos duas vezes ao banheiro. Das duas vezes, Pim me colocou de joelhos na beirada do vaso.

Quando saí do Continental com a senhorita Marta, nós passeamos, como no domingo anterior, na avenida do porto. Falei-lhe de Pim. Disse também que nós dois descêramos ao banheiro e o que fizéramos na cabine. A senhorita Marta sorriu, disse que isso é mesmo da minha idade. E apertou meu braço bem forte. Não perguntei o que ela fazia quando descia ao banheiro seguida por um parceiro. Se ela tivesse vontade de falar, falaria. Com a idade que tinha, com certeza ela não fazia as mesmas coisas que eu.

Se eu não fosse mais aos chás-dançantes dos domingos iria sentir falta. Pim ficava tão impaciente quanto eu pelo próximo domingo. O que eu iria fazer aos domingos se não fosse ao Continental? Oat fica ainda mais morta aos domingos do que nos dias de semana. E não posso ao menos contar com Nem para me fazer companhia. Ele sai o dia inteiro sem me dizer aonde vai. Só volta ao final da tarde para descansar no quintal, como de hábito. Fica olhando as flores da árvore, que estão caindo uma a uma. Nunca põe o aparelho no ouvido. Diz que quebrou. Então, fica impossível conversar com ele. Na idade dele, faz muito mal sair com toda a umidade que há, por causa das chuvas. Ele sai mesmo quando chove. A senhorita Marta quer o meu bem. Ela obriga-me a fazer servicinhos de escritório enquanto espero para prestar concurso. A prefeitura paga-me uma pequena remuneração. Isso me dá um trocado. Caíram as últimas flores da árvore. O quintal está todo cor-de-rosa. Tirei um retrato de Nem sentado na cadeira baixa, no quintal. Mas Nem mexeu-se de propósito quando viu que eu estava tirando o retrato dele. O retrato ficou cortado, só se vê a metade de Nem. A foto é toda cor-de-rosa, por causa das flores da árvore, que caíram e cobrem o quintal. Escrevi no verso da foto: *Rua dos Encantos 7, o quintal coberto com as flores cor-de-rosa da árvore e Nem cortado porque se mexeu enquanto eu tirava a foto.* Não dá para se reconhecer Nem na foto.

    Agora que Nem está sempre fora, eu saio também. Não tenho mais nada para estudar, já estudei todos os livros. Sempre vou para o lado da lagoa. Quanto mais se chega perto da lagoa, mais o lugar fica deserto e mais as casas estão destruídas. A rua dos Limites contorna a lagoa. As casas foram construídas de um lado só. Do outro lado, deviam ficar os cais do porto que a lagoa cobriu aos poucos. As casas da rua dos Limites estão em ruínas, com exceção de uma delas. A fachada desta casa chega a estar mesmo em bom estado, certamente porque ela é de pedra. Mas a fachada engana. O interior da casa está arruinado. Há uma escada que sobe para o segundo andar. Uma parte da escada desmoronou, mas ainda há um quarto inteiro, com móveis e tudo. O armário está cheio de roupas. Há roupas de casamento. Tirei-as do armário para arejá-las. Encontrei dois manequins no fundo da bagunça. São manequins de costureira. Talvez esta fosse a casa de uma costureira. Vesti os manequins com as roupas de casamento. Deitei os recém-casados na cama. Descansei no quarto, antes de ir embora. Olho a lagoa pela janela. A água é suja. É uma água parada e que tem um cheiro. No meio da lagoa há um grande navio enferrujado que afunda lentamente na água. Deve ser o destroço de um navio que ficou preso na lagoa quando o canal encheu de areia. Vi um barco que avança em direção ao grande navio. Parece que reconheci Nem. Quer dizer que quando ele sai é para andar de barco na lagoa. Na idade dele, não é prudente fazer isso. Ele continua querendo esquecer o tempo. Talvez esqueça-o na lagoa. Vejo ao longe o começo da floresta. Quando o tempo está claro também posso ver a montanha do Ermitério. Mas não esqueço que estou em Oat. Mélia 3175, este é um nome engraçado para dizer quem sou.

7.

Ponho minhas fotos entre as páginas de meu livro de lendas. Fica um pouco como se fosse um livro de figuras. Há o retrato da senhorita Marta e o retrato de Nem, há também o meu retrato colado sobre minha carteira de identidade. O livro fica bem em evidência na minha estante. Tive a idéia de pendurar a placa do Ermitério na porta do meu quarto. Pendurei-a por dentro, para que não seja vista do corredor e para que eu possa vê-la da minha cama. Quando olho para a porta do meu quarto, é como se eu estivesse vendo a porta do Ermitério.

O belchior é o único morador da praça das Guardas. Ela não é uma praça tão bonita como Nem acha que é. As fachadas dos antigos edifícios administrativos são caiadas, mas a caiação já está desbotada e há rachaduras em todo canto, chega a haver manchas negras, por causa das goteiras. Os antigos edifícios da administração de Oat não são imponentes, e a municipalidade do porto não faz a manutenção deles, agora que estão fechados. Há somente um prédio de destaque na praça das Guardas, a antiga prefeitura. Agora ela é a casa do belchior. A antiga prefeitura era bem mais imponente do que a nova, que faz parte da repartição da alfândega. Os antigos prédios da administração servem como depósito para o belchior. O belchior tem negócios com o continente. Ele está construindo uma enorme casa no continente, para passar nela os últimos dias de vida. Diz que logo, logo, não haverá mais nada para comprar em Oat.

O belchior sempre me convida para ir visitá-lo. Sei porque ele é tão gentil comigo. Nem tinha razão, o belchior quer comprar minha placa do Ermitério. Quer obtê-la em troca de jóias antigas que ele guarda num cofre e que mostra para mim, toda vez que venho vê-lo. Diz que são jóias de valor, de origem desconhecida. Diz que trocar o cofre pela placa é um bom negócio para mim. Cada vez que venho aqui, ele abre o cofre e eu admiro as jóias. O cofre me atrai, senão eu não viria tantas vezes ver o belchior com toda a tralha que ele tem em casa. São jóias com pedras azuis. Há vários tipos de jóias. O belchior quis que eu as experimentasse. É a primeira vez que experimento jóias. Eu não quis me olhar no espelho com as jóias, com medo de não conseguir mais tirá-las. O belchior tenta a todo custo me convencer. Diz que, com as jóias, vou ter tudo o que quero. Mas não quero vender minha placa, então não quero me deixar convencer.

Agora, quando vou à casa do belchior, não experimento mais as jóias. Contento-me em admirá-las no cofre. As pedras das jóias são azuis como o mar, como os olhos de Yem, o moço pescador que encontrei no primeiro dia. Nunca mais vi Yem. E contudo, muitas e muitas vezes voltei a me sentar no pontão. Nunca mais a Rainha das Fadas estava no cais. Um pescador disse que Yem partiu com o patrão para uma longa viagem a Ot. Ot é uma ilha muito distante de Oat. Yem não tinha me falado desta viagem. Prefiro não ir nunca mais sentar no pontão, para não pensar na Rainha das Fadas e em Yem.

Não esqueço nunca da visita à Mélia, às quintas-feiras. Mélia queria conhecer a senhorita Marta, de quem eu falo bastante. Mas a senhorita Marta recusa todos os convites de Mélia. Embora tenha nascido no bairro dos Encantos, não quer voltar lá. Chegou a me perguntar o que me atrai tanto na casa de Mélia. Eu nunca lhe perguntei o que a atrai tanto no Continental, à noite. Entre a senhorita Marta e mim há um ponto de discórdia, que é o bairro dos Encantos. Felizmente temos o mesmo gosto com relação aos chás-dançantes do Continental.

Mélia acabou por perder a esperança de receber a senhorita Marta. Ela contenta-se com a minha visita. Em minha honra, ela pôs o salão no estado em que ele estava antigamente, quando ela recebia todos os seus convidados. Retirou o forro dos móveis. Quis pôr de novo o pêndulo para funcionar. Mas o pêndulo não funcionou. O mecanismo está quebrado. Não há mais um único relógio em Oat. Mélia comprou de volta ao belchior a vitrola e os velhos discos que lhe vendera por quase nada. Ficou zangadíssima, porque os comprou mais caro do que tinha vendido. Mas o belchior deu-lhe de presente uma agulha nova para a vitrola. Mélia ficou contente, porque os discos não pulam mais. Finalmente, ela não lamenta mais o fato de ter comprado de volta a sua própria vitrola. Ela tinha vendido a vitrola porque era triste ouvi-la sozinha. Agora, ela retoma o gosto pela música, diz que, na minha companhia, ouve novamente todas as árias que ouvira na vida. Sempre me oferece os mesmos licores com biscoitos um pouco rançosos feitos expressamente para serem molhados nos licores. Os licores não fazem mais minha cabeça rodar. O álcool deve ter evaporado. Mélia não sabe mais tapar as garrafas. Não bebe nada, diz que licores não são mais coisa para a idade dela. Seu prazer é ver-me prová-los. Ela acha que eu me pareço com ela quando tinha a minha idade. Mélia colocou de novo no lugar o quadro que ela mantinha virado para a parede. É o retrato de uma menina. As cores estão um tanto pálidas, mas o retrato é bem desenhado. Não há assinatura no quadro. Mélia diz que é o retrato de Rosa. E no entanto a menina do retrato não se parece com a foto de Rosa que está no quarto 3. Mélia diz que é graças a Rosa que sua casa da travessa dos Encantos teve antigamente tão boa reputação. O salão não é mais o mesmo desde que o quadro foi posto de volta no lugar.

    Afeiçoei-me muito à Mélia. A cada semana, as mãos dela tremem um pouco mais. Toda vez eu falo para ela de Rosa. Agora Mélia diz que todas as pensionistas do quarto 3 chamavam-se Rosa. Então, de qual Rosa eu quero que ela fale? Mélia confunde umas com as outras. Para me consolar por não poder falar de Rosa como eu queria, ela abriu o baú do quarto 3. É um baú cheio de vestidos. Mélia diz que eram os vestidos de Rosa. Escolheu um para me dar. É um vestido de musseline branca. Mélia deu-me os sapatos que faziam par com o vestido e um xale para usar por cima do vestido, que é muito decotado. A saia é bem rodada, com todas as preguinhas que ela tem. A costureira que fez este vestido teve habilidade e paciência para costurar todas essas preguinhas. Estão tão bem costuradas que nem se vêm as costuras. Graças a Mélia, tenho um outro vestido para ir aos chás-dançantes do Continental.

A senhorita Marta achou que eu estava fora de moda com o meu vestido de musseline branca e que aquele não era um vestido próprio para a minha idade. É um vestido que tem exatamente o meu tamanho e é muito leve. Disse à senhorita Marta que a musseline tem melhor caimento que o veludo e que o branco fica melhor para mim que o vermelho. Enfrentei a senhorita Marta. Ela ficou aborrecida porque mudei de vestido e porque eu preferia o vestido de musseline branca ao vestido de veludo vermelho. Não vou ficar usando toda vez o mesmo vestido só para dar prazer à senhorita Marta.

Pim gosta muito do meu vestido novo. Ele acha que o vestido me dá um toque especial e que eu não fico parecida com ninguém. A musseline é mais fácil de levantar que o veludo, principalmente porque meu vestido de veludo é um pouco justo e sempre exige uma certa atenção para não rasgar nas costuras. Com meu vestido de musseline não há qualquer perigo. Eu me dou bem com Pim. Ficamos mais tempo no banheiro de mulheres do que na pista de dança. Agora descemos para o banheiro mesmo durante a dança. As duas cabines estão sempre vazias entre os intervalos. Pode-se escolher uma das duas. Mas não há diferença entre as duas cabines do banheiro de mulheres do Continental.

•

Pim está triste. Vai mudar de navio e não vai mais voltar a Oat. Ele gostaria de recusar, mas não pode. Como aprendiz de oficial, tem que fazer provas. Vai partir numa viagem de volta ao mundo para fazer as provas. Nosso último domingo foi nosso melhor domingo, embora Pim estivesse triste. Depois do chá-dançante, acompanhei Pim até o navio. É a primeira vez que eu o acompanho, em vez de passear na avenida do porto com a senhorita Marta. No domingo que vem, Pim estará longe de Oat. Bem que eu queria subir no navio de Pim para dizer-lhe adeus no convés. Mas é um navio proibido para as senhoras e senhoritas. É um navio bem grande. Pim ficou olhando para mim do convés por muito tempo, e eu fiquei olhando-o do cais. Fiquei com dor nas pernas de ficar tanto tempo de pé sem me mexer, olhando-o enquanto ele me olhava. Mas eu não queria ir embora enquanto ele estivesse no convés. Teria sido ainda mais triste se eu tivesse ido embora. Ficamos nos olhando, ele do convés e eu do cais, até que a noite caiu. Então não nos vimos mais.

Vou sentir falta de Pim, mas não estou triste de verdade. A senhorita Marta diz que os pares do Continental não são insubstituíveis. Talvez ela tenha razão. E depois, os banheiros eram exíguos e desconfortáveis. Eu tinha cãimbras de ficar sempre de joelhos na borda do vaso, sem nunca poder mudar de posição. Se ficávamos um pouco mais ali, como acontecia cada vez com maior freqüência nesses últimos domingos, havia gente batendo na porta. Era preciso sair à toda pressa para não irritar os impacientes que esperavam a vez deles. Duas cabines são insuficientes. E depois, o vaso estava rachado. Eu sempre tinha medo de que ele quebrasse se eu fizesse um movimento mais brusco. A descarga começava a vazar. Havia gotas d'água caindo no meu pescoço e pingando nas minhas costas, molhando meu vestido de musseline branca. Pim não era sensível a todos esses detalhes materiais. Os banheiros de mulher do Continental eram para ele o que havia de melhor. Mas eu ficava cada vez mais sensível a esses detalhes que acabavam por estragar o prazer que eu tinha de estar com Pim. Para mim, os banheiros do Continental eram um grande embuste.

Nos últimos domingos, a senhorita Marta não descia mais aos banheiros. Ela chegava mesmo a recusar danças. Quando eu disse que Pim não voltaria mais e que eu não tinha mais vontade de voltar aos chás-dançantes sem Pim, ela fez um ar de alívio. Ela cumpria uma obrigação acompanhando-me, porque sou menor de idade. Mas agora ela prefere aproveitar o domingo para descansar e recuperar todo o sono que perdeu. As noites no Continental fizeram-na perder aos poucos o gosto pelas tardes. Eu compreendo, porque mesmo que eu não conheça as noites, também acabei por perder o gosto pelas tardes. Bastou que Pim fosse fazer sua viagem ao mundo para que eu não tivesse mais vontade de ir aos chás-dançantes do Continental.

Fiquei preocupada com Mélia. Ela decai a olhos vistos. Treme cada vez mais. Deixa tudo em desordem no salão. Chega a deixar os copinhos de licor sujos de uma quinta-feira para outra. Quebrou as garrafas. Tudo cheira a licor. A catarata dela piora. O véu diante dos olhos não desaparece mais quando ela chega bem perto das lâmpadas. As lâmpadas luzem à toa. Mélia está muito fraca para cuidar de Nem. Sou eu quem cuida de Nem e da casa no lugar de Mélia. Eu gostaria de vir morar com Mélia, mas não posso abandonar Nem, que declina tão rapidamente quanto Mélia. Desde que Mélia não cuida mais dele, Nem acha que ela morreu. Ele está caducando. Confunde Mélia com a empregada morta. Chora a morte da empregada. Pediu ao belchior que viesse esvaziar o quarto. O belchior levou a caixa de livros grossos. Nem diz que a memória tem seu preço e que está ocupado em esquecer o tempo. Os passeios de barco na lagoa não lhe fazem bem. Ele não pára de tossir. Isso não me deixa dormir. Nem diz que ele devia ter ido procurar Rosa, em vez de vir morar na casa em que ela não mora mais. Pode-se dizer que ele já não sabe mais quem sou. Agora não me confunde mais com Rosa, mas também não me toma por ninguém. Esqueceu meu nome. Mélia é somente o nome da empregada que ele pranteia porque ela morreu. Diz que talvez não seja tarde para procurar Rosa.

    A funcionária do registro civil foi morar no continente. Sou eu quem a substitui no pequeno escritório envidraçado. Como não prestei concurso, sou apenas auxiliar. A data do concurso está chegando. Estou bem preparada. Só tenho mortes para registrar no escritório do registro civil. São sempre os muito velhos morrendo. Não há nascimentos ou matrimônios. A senhorita Marta aguarda uma mudança para breve. Aproximam-se as eleições. A senhorita Marta mandou colar cartazes por toda a avenida, mandou propaganda para todos os moradores. Como estava previsto, o prefeito não se candidata mais. A senhorita Marta está certa de que vai ser eleita, pois é a única candidata. Ela fica com um ar importante. Quando a vejo, é a jato. O repovoamento de Oat é o grande eixo da campanha eleitoral dela. Diz que quando for eleita, terá amplos poderes e poderá realizar todos os seus projetos. É uma mulher de ação. Ela acusa o prefeito. Quando foi embora morar no continente, o prefeito tinha servido de péssimo exemplo. Ele tinha ascendência sobre a população de Oat. Todos os habitantes ativos quiseram fazer igual a ele. A senhorita Marta prefere acreditar que o despovoamento de Oat não é irreversível. Mélia diz que é irreversível. Embora o porto tenha sido reconstruído à beira-mar, ele está arriscado a desaparecer. Mélia diz que é por causa da falta de recursos e que não há nada a fazer contra a falta de recursos.

    Agora vou ver Mélia todos os dias, e não somente às quintas-feiras. Mélia acaba de me anunciar que chegou a hora de deixar a travessa dos Encantos. Deu-me o grande quadro pendurado no salão. Quis que eu o embalasse bem embalado, porque diz que é um quadro frágil. Levei-o para o meu quarto, mas meu quarto é muito pequeno para um quadro tão grande. Então deixei-o embrulhado e encostado à parede. Fiquei muito comovida por Mélia ter-me dado o quadro. Para ela, o quadro era a coisa mais valiosa que tinha. Ela chamou o belchior e disse-lhe que agora ele podia esvaziar a casa toda. O belchior esperava por este dia há muito tempo. Mélia resolveu passar seus últimos dias no hospital. Diz que o hospital tem muito boa fama. É uma fundação do continente para os habitantes de Oat. Mélia diz que, pela primeira vez, terá vista para o mar. Ela tem como pagar o hospital com o dinheiro que o belchior deu por tudo o que levou dela. Tive pena de ver Mélia indo para o hospital e de ver o belchior esvaziar a casa. Mélia não teve pena de partir. Diz que no hospital vai ter companhia. Pediu para ficar na enfermaria, e não num quarto particular.

Não tirei retrato de Mélia. Cada vez que ia vê-la, levava a bolsa com a polaróide, mas toda vez esquecia de fotografá-la. No hospital, disseram para eu esperar que Mélia estivesse habituada à nova vida para poder visitá-la. Então eu fotografei o hospital, do lado voltado para o mar, com todas as janelas envidraçadas. Fiz uma cruz na foto. A cruz corresponde à janela envidraçada diante da qual fica o leito de Mélia. Foi a enfermeira que cuida dela e que me dá notícias suas quem disse que a janela é esta. No verso da fotografia, escrevi: *O hospital onde Mélia quis acabar seus dias deitada na cama em frente à janela envidraçada que dá para o mar*. Pode-se jurar que não é um hospital, mas um casarão à beira-mar.

Quando saía do hospital, eu li: Dispensário, numa porta do andar térreo. Lembrei-me de repente da consulta médica. Tinha esquecido completamente dela. Acharam que eu estava com boa saúde. Eu acabava de ficar menstruada durante a consulta médica. Deram-me um folheto de informação sobre o ciclo e a fecundidade. O folheto não tinha assinatura. Não fora redigido pela senhorita Marta, não tinha o estilo dela.

•

Passei no concurso com menção muito bom. Parece mesmo que sou a primeira de todas as candidatas, com o máximo de pontos. A senhorita Marta foi eleita para a prefeitura de Oat. Ela ocupa o escritório do prefeito, que estava fechado até agora. Mal posso reconhecê-la depois que parei de ir com ela ao Continental. Faz pose, agora que foi eleita. Nomeou-me funcionária do registro civil e secretária da prefeitura. Acumulo as duas funções. Há redução de pessoal. Antes de ser titular, sou estagiária. É preciso fazer as provas. Ainda não tenho idade para ser titular. Recebo um salário de verdade, agora que tenho o diploma.

8.

A árvore do quintal de Nem voltou a florir. Hoje é dia do meu aniversário. Tenho treze anos. Faz um ano que Rosa morreu e que eu deixei o Ermitério. Nem não sabe que hoje é dia do meu aniversário, não sabe que eu tenho treze anos. Não sabe nada de mim. Está sentado na varanda para ver melhor as flores cor-de-rosa da árvore, que ficam exatamente na altura da varanda. Ficou espantado de que a árvore tenha florido de novo. Ele achava que a árvore não ia florir novamente porque ele está muito velho.

Mélia já está acostumada com o hospital. Agora vou vê-la todas as quintas-feiras. Ela espera pela minha visita, porém não me reconhece mais. Ela me chama de Rosa. Está numa enfermaria junto com outras mulheres velhas como ela. O leito fica em frente ao mar. Mélia passa o final da vida olhando para o mar. Diz que ainda enxerga bastante bem, mas que a cada dia o mar fica um pouco menos azul. Ela não sente dores. Quase não deve sentir o corpo, de tão fraca que está. Os longos cabelos brancos estão despenteados. Nunca mais põe a touca. Quando vou vê-la, penteio os cabelos dela muito tempo. É isso a coisa que lhe dá mais prazer. Não gosto do hospital. É tudo azul e branco. Mélia veste uma camisola azul e os lençóis são de um branco imaculado.

Desde que foi eleita para a prefeitura, a senhorita Marta promulgou vários decretos. Mas seus decretos são letra morta. Oat continua a despovoar-se. Mélia tem razão quando diz que isso é irreversível. A prefeitura quase sempre está um deserto. A senhorita Marta ficou muito chateada com o seu fracasso. Diz que prefeito é um título vazio. Ela reaproxima-se de mim. Os negócios importantes são feitos no continente. É como se Oat não tivesse mais prefeitura. A senhorita Marta fica apartada de tudo. Não tem papel a desempenhar. De tarde ela me convida para lanchar no seu apartamento. Tem necessidade de falar. Diz que faço muitas coisas para a minha idade e que amadureci bastante em um ano. Ela me faz confidências. Diz que está desencantada de tudo, e não somente da prefeitura. As noites do Continental também são um fracasso. A senhorita Marta dedicou-se completamente a elas, mas não obteve o que esperava. O clube não é mais o que era. Perde todos os sócios para um novo clube já famoso que abriu há pouco tempo no continente: o Ilha Azul. A senhorita Marta sonha com o Ilha Azul. Diz que não há mais nada a se esperar do Continental, que se deixa esmagar pelo Bochincho. O triunfo do Bochincho sobre o Continental deixa a senhorita Marta arrasada.

Pela primeira vez a senhorita Marta fica tentada pelo continente. Ela diz que no Ilha Azul tudo pode recomeçar. Não terá mais a menor responsabilidade sobre a prefeitura de Oat se for viver no continente. Agora ela sabe que é impossível ser prefeito de Oat, porque Oat não é administrável. Diz que o prefeito teve razão quando partiu. Compreendeu isso muito tarde. Recrimina-se por ter falhado no julgamento e na experiência. Diz que se acabou ficando com uma visão errada de Oat foi porque cresceu no bairro dos Encantos. Está perturbada por tudo o que descobriu ao mesmo tempo. Propuseram-lhe o posto de diretora do Ilha Azul. É uma novidade para ela poder finalmente dedicar-se a uma única função. Diz que não quer mais viver uma vida dupla, dividida entre a prefeitura de Oat e o Continental. As vidas duplas sempre acabam mal. O Continental não vai demorar a fechar. A concorrência do Bochincho é muito pesada para o Continental. Para a senhorita Marta, esta é mais uma razão para partir, embora ela diga que ainda não tomou uma decisão.

O Bochincho não é proibido para menores, e os menores não precisam nem estar acompanhados quando vão aos chás-dançantes do domingo à tarde. A senhorita Marta me havia ocultado isso para que eu sempre fosse com ela ao Continental. Depois que Pim foi embora, me aborreço aos domingos. Há muita gente aos domingos à tarde no terraço do Bochincho. Por que eu também não posso ir aos chás-dançantes do Bochincho? A semana na prefeitura e os domingos na casa de Nem, isto não é vida. Nem nunca está em casa depois que o belchior esvaziou o quarto dele. Está sempre no barco na lagoa. Ele rodeia com o barco o grande navio enferrujado. O casco desapareceu quase completamente na lagoa. A árvore do pátio perdeu as flores em um só dia. Foi um dia de muito vento e muita chuva. As flores murcharam assim que caíram.

É domingo e eu vou ao Bochincho pela primeira vez. Tanto pior se a senhorita Marta souber e ficar aborrecida. De qualquer modo, ela só tem o Ilha Azul na cabeça. Coloquei meu vestido de veludo vermelho com o bolero, como da primeira vez que fui ao Continental com a senhorita Marta. O vestido vermelho me deu sorte uma vez, talvez me dê sorte duas vezes. No Bochincho, a moça do vestiário fez com que eu entrasse para um pequeno salão. Ele dá para o terraço, mas fica separado dele por uma vidraça. Do outro lado da vidraça, os moços vêm e vão, certamente para me olhar, porque sou novata no Bochincho. Estou sentada numa cadeira. Estou bem visível com o meu vestido de veludo vermelho. Sinto-me um pouco tonta. Há uma escada que sobe. A do Continental descia. A orquestra toca muito alto. Há muita gente subindo a escada. Não vejo a placa na escada, embaixo. Não há nada indicado, é preciso conhecer.

Eu estava ainda sentada na cadeira no pequeno salão quando vi entrar de repente o motorista do caminhão. Viu-me ao mesmo tempo que eu o vi. Ficou com um ar surpreso e ao mesmo tempo zangado por ter-me encontrado ali. Perguntou o que eu fazia no Bochincho, como se este não fosse um lugar para mim. Fui logo dizendo que é meu primeiro domingo no Bochincho. Antes, eu ia ao Continental com a senhorita Marta. Também disse ao motorista que depois que entrei no Bochincho eu não tinha nem saído do pequeno salão, não cheguei a aproveitar o terraço, nem mesmo subi a escada. O motorista olhou para mim com mais gentileza. Não tinha mais o ar aborrecido. Levou-me para a saída.

    Diante do Bochincho, bem estacionado na avenida, está o caminhão amarelo sempre bem polido. O motorista disse para eu subir. Levou-me para dar um passeio. Subimos a avenida, pegamos uma pista que fica entre o mar e a lagoa. Atravessamos o canal. Entendo porque o canal não é mais navegável, com todos esses bancos de areia. Depois do canal, avançamos pelas dunas. O motorista parou o caminhão ao pé de uma duna, em frente ao mar, na entrada de uma praia de areia. Apertou o botão do banco, que inclinou docemente até virar cama. Isso despertou minhas lembranças. O motorista disse que eu mudara, que agora pareço uma mocinha de verdade. Diz que ficou contente por me rever. Eu também estou contente por estar de novo no banco do caminhão. Ainda se pode ver a mancha de sangue, mas ela está bem apagada, porque o motorista deve tê-la esfregado muito. Mais depressa do que da primeira vez, o motorista tirou meu vestido, meu bolero, minha calcinha. Estou menstruada de novo. Isso não parece atrapalhar o motorista do caminhão. Fez festa no meu corpo todo, como da primeira vez. O sol entra pela janela da cabine. Da primeira vez, era noite e havia somente a luz da cabine. Isso muda tudo. O motorista lembrou-se de que tinha me tido virgem. Disse que gosta bem mais de mim agora. Contei-lhe tudo o que passei com Pim nos banheiros do Continental. Não quero esconder nada do motorista do caminhão. Parece que ele gosta que eu conte tudo o que aconteceu no banheiro com Pim. Parou de me fazer festas, pegou-me de repente e muito forte. Disse que o banco do caminhão é mais confortável que o banheiro do Continental. Concordei. Ele disse que eu era feita para o banco do caminhão dele. Não respondi. Fez-me prometer que nunca mais ia voltar ao Bochincho. Diz que o Bochincho não é para mim. Compreendi que ele faz muita questão de que eu faça essa promessa. Então, eu prometi. Não quero estragar este domingo à tarde à beira-mar com o motorista do caminhão. Não sei o que tem de tão terrível neste Bochincho para que a senhorita Marta e agora o motorista do caminhão não queiram que eu vá lá dançar.

Saímos da cabine. A praia está cheia de gaivotas. O motorista disse que esta praia se chama praia das Gaivotas. Ela tem um nome apropriado. É a única praia de Oat. Não se enxerga o final dela. Tenho vontade de andar muito tempo na praia com o motorista do caminhão sem falar. Mas ele tem vontade de falar. Não é sensível, como eu, à praia das Gaivotas. Diz que amanhã parte de vez para o continente. É o último dia que passa em Oat. Fechou a serraria, que não lhe dava mais nada e que lhe tragava todas as economias. Graças ao caminhão, encontrou um bom lugar como transportador de madeira para uma grande serraria do continente. Mais tarde vai comprar uma serraria para ele no continente e vai trabalhar por conta própria. Quer começar vida nova. Diz que não há futuro para mim em Oat. Pede para eu partir com ele para o continente. Repete que eu lhe agrado muito e que quer viver comigo no continente, no caminhão e, mais tarde, na serraria. Eu disse a verdade ao motorista. Gosto muito do caminhão dele, mas não tenho vontade de morar no continente. Não posso abandonar Mélia, que espera minha visita todas as quintas-feiras no hospital, assim como não posso abandonar Nem, mesmo que ele não preste atenção em mim. E não quero deixar Oat. O motorista do caminhão não me compreendeu. Diz que eu o decepciono muito, de que serve ser a primeira colocada no concurso se é para acabar secretária da prefeitura de Oat. Não foi assim que apareci para ele da primeira vez, na estrada. Achou que eu ia longe e eu não quero ir além de Oat. Tem censura na voz. Mesmo assim, deu-me seu endereço no continente, o da serraria onde vai carregar madeira, no caso de eu mudar de idéia. Diz que estou perdida se não mudar de idéia. Acha que me conhece porque estivemos juntos no banco do caminhão. Mas não tenho mais nada a lhe dizer. O passeio na praia parou por aí. Foi um passeio estragado. Toda a minha tarde ficou estragada.

Quando voltamos à cabine do caminhão, embora estivesse aborrecido, o motorista quis apertar o botão do banco para que virasse cama pela última vez. Não deixei. O motorista do caminhão é um estranho para mim, agora que vai para o continente. Não quero mais que ele me toque. Há uma nódoa de sangue fresco no estofamento do banco e também há outra nódoa no meu vestido. Mas não se percebe o vermelho sobre o vermelho. Fiz bem em pôr meu vestido vermelho, embora ele não tenha me dado nenhuma sorte da segunda vez. O motorista deu partida e pisou fundo no acelerador até chegarmos a Oat. Quando nos deixamos, desejei-lhe boa sorte. Ele não me desejou nada. Nem mesmo chegou a me olhar pela última vez. Desaprova-me totalmente. Quando o caminhão amarelo desapareceu no final da avenida, deixei cair o endereço que o motorista me deu. Vi o endereço voar sobre o mar. Não quero guardar o endereço do continente.

Voltei a descer a avenida até o porto de pesca. Não vou mais ver o caminhão amarelo. Sentei sobre o pontão. A Rainha das Fadas ainda não voltou. Yem já foi embora há muito tempo agora. Não tenho vontade de voltar à casa de Nem. De repente tive vontade de voltar à casa de Mélia. Nunca mais voltei lá depois que ela foi para o hospital. Tenho a chave, pois a chave que abre a casa de Nem abre a casa de Mélia. Está escuro na casa de Mélia, agora que o belchior levou todas as lâmpadas. Os quartos estão vazios. O lugar das paredes em que ficavam os espelhos está mais claro. Entrei no quarto 3. A noite caiu. A chuva também começou a cair. Este domingo à tarde com o motorista de caminhão me cansou totalmente. Deitei no chão mesmo e dormi. Ouvi chamarem

Mélia muito alto. O chamado ecoava de quarto em quarto. Acabou mesmo me acordando. Já era dia. Mas não havia ninguém na casa de Mélia, a não ser eu. Era no sonho que chamavam Mélia muito alto. Passei a noite toda no quarto de Rosa na casa de Mélia. É a primeira noite que passo fora da casa de Nem desde que cheguei a Oat.

Nem não está no quarto. Não está em parte alguma da casa. Já deve estar no barco, na lagoa. Ele sai cada vez mais cedo. Fui à rua dos Limites. O barco de Nem está amarrado exatamente diante da casa. Isso não faz parte dos hábitos de Nem. De hábito, ele está sempre no barco, na lagoa. Entrei na casa e subi ao quarto. Nem está deitado na cama ao lado da recém-casada. O recém-casado sumiu. Acordei Nem. Ele agiu como se não me reconhecesse. Perguntou o que eu tinha vindo fazer na casa de Rosa. Diz que aqui é a casa de Rosa. Tem um jeito de quem está no fim, mas está contente. Diz que agora não precisa de mais nada. Quer terminar a vida na casa de Rosa. Diz que a casa da rua dos Encantos acabou para ele. Pediu que eu o deixasse.

Quando voltei para a rua dos Encantos, compreendi que não podia mais morar aqui, agora que Nem partiu. Então tirei a placa do Ermitério e pus na bolsa. Peguei a bolsa e o quadro que Mélia me deu e voltei para a travessa dos Encantos. Não é mais a casa de Mélia, agora que a casa está vazia e que Mélia está no hospital. Instalei-me no quarto 3. Mas também me sinto tão estranha nesta casa vazia quanto na antiga casa de Nem. Voltei a pensar em Rosa. Em que ela pensava quando escreveu o endereço na última página do livro de lendas? O número 7 da rua dos Encantos agora está desabitado.

À noite não consegui dormir. Então vou até o porto de pesca e sento no pontão. Esta noite a Rainha das Fadas voltou. Quer dizer que Yem voltou também. Não há qualquer luz no convés ou na cabine. Mas o lampião que fica no cais bem em frente ao barco ilumina-o quase totalmente. É sempre o mesmo pequeno barco, mas foi pintado de branco. O branco não é a cor dos barcos de pesca. O nome também foi pintado de novo em grandes letras negras brilhantes. Fiquei muito tempo sentada sobre o pontão olhando a Rainha das Fadas. Yem não apareceu como eu esperava. Então subi a avenida até o Bochincho iluminado na noite. Por um instante tive vontade de entrar. Mas lembrei da promessa feita ao motorista do caminhão. Uma promessa é uma promessa. Não entrei no Bochincho, desci a avenida. Voltei a sentar sobre o pontão. Tirei a polaróide da minha bolsa e, com a polaróide, fotografei a Rainha das Fadas. Foi uma sorte que houvesse um flash acoplado à polaróide. O fotógrafo não mentira quando dissera que este era um modelo aperfeiçoado. Ficou uma bela foto, com o lampião em primeiro plano iluminando o casco todo branco com as letras pretas da Rainha das Fadas. No verso da foto, escrevi: *A Rainha das Fadas à noite no porto, de volta de uma longa viagem a Ot*. Todos os lampiões do porto apagaram de repente. Deve estar muito tarde. Não vi o tempo passar. Subi de novo a avenida até o Bochincho e fotografei-o também. Na foto só se vêem manchas de luz, de tão iluminado que é o Bochincho. Todas as janelas estão iluminadas, há lanternas por todo o terraço e, dominando tudo, a grande placa em néon verde cintilante: Bochincho, que atrai os marinheiros como a luz de um farol na noite. No verso da foto escrevi em letras pequenas, porque tinha muita coisa para escrever: *O Bochincho iluminado para a noite em que eu nunca irei para manter a promessa feita ao motorista do caminhão na praia das Gaivotas no dia da partida dele para o continente*. Depois do Bochincho, o Continental faliu completamente. Acaba de fechar por tempo indeterminado.

De volta ao meu quarto, o quarto 3 de Rosa, olhei durante muito tempo minhas duas últimas fotos. Depois arrumei-as no meu livro de lendas. Fez bem para mim ter tirado essas duas fotos. Meu livro de lendas está sempre fechado agora. Quis reler a Rainha das Fadas para festejar o retorno do barco. Mas como estou agora habituada a ler no novo alfabeto, perdi o hábito de ler o alfabeto antigo. Dormi no meio da leitura.

 A senhorita Marta demitiu-se do posto. Aceitou ser diretora do Ilha Azul. O posto de prefeito está vago. Acompanhei a senhorita Marta ao navio. Isso me fez lembrar da noite em que acompanhei Pim. É a primeira vez que a senhorita Marta sobe num navio e que vai ao continente. Enfeitou-se toda. Vestiu um costume branco com gola azul. Vai dar boa impressão quando chegar no Ilha Azul. Ela vai cheia de esperanças. Nossos adeuses foram breves. A senhorita Marta estava com pressa de subir a bordo. Disse que agora eu era capaz de me desembaraçar sozinha. Fiz prova na prefeitura. A senhorita Marta espera que eu seja titular logo, logo. Por enquanto continuo sendo estagiária. A senhorita Marta não quis que eu ficasse no cais esperando a partida do navio. Depois que estava sobre a ponte, ficou olhando para longe em direção ao continente. Deu-me o endereço do Ilha Azul, mas não disse para eu ir encontrá-la. Com certeza o Ilha Azul é proibido para menores. Mesmo assim fiquei no cais olhando a senhorita Marta. Quando o barco levantou âncora, joguei fora o endereço do Ilha Azul. O endereço voou sobre o mar, como o do motorista do caminhão. Eu nunca irei para o continente.

 Voltei à rua dos Limites para ter notícias de Nem. A casa está vazia. Nem não está no quarto e a recém-casada não está mais deitada na cama. Encontrei o recém-casado no fundo do quarto de guardados, lá onde Nem o escondera. Olhei pela janela na esperança de perceber o barco de Nem. Mas não há barcos na lagoa. E o barco de Nem não está amarrado diante da casa. Nem deve ter querido dar um último passeio. Levou a recém-casada com ele. O barco era velho e podre. Deve ter feito água. Nem e a recém-casada afundaram com o barco.

•

Talvez fosse isso o que Nem queria, desaparecer no fundo da lagoa. O grande navio enferrujado já está afundado pela metade. Só se vê o convés da popa. Fico perguntando como o convés da popa pode ter ficado de fora inclinado como está. Nem desapareceu sem me deixar uma palavra, sem me deixar nada. Deitei o recém-casado na cama. O recém-casado agora está sozinho.

Não registrei a morte de Nem na prefeitura. Aliás, eu não tinha visto ele morrer. Ele apenas desapareceu na lagoa. A morte de Rosa também não foi registrada. Se eu não declaro mais as mortes, também não posso fazer mais nada no registro civil. A prefeitura fica vazia depois da partida da senhorita Marta. Nenhum outro habitante de Oat quer ser prefeito. Pergunto a mim mesma se, se eu fosse maior de idade, teria vontade de me candidatar para substituir a senhorita Marta. Não acredito. Não sou feita para ser prefeito. De todo modo, na minha idade, a questão nem existe. Não sei se vou conservar meu emprego, agora que a senhorita Marta foi embora para o continente. Haverá um representante do continente em Oat, no lugar do prefeito. Talvez seja o que querem os últimos habitantes de Oat.

O leito de Mélia está vazio. A enfermeira disse-me que Mélia morreu. Morreu no dia em que Nem desapareceu na lagoa. Perguntei à enfermeira onde Mélia tinha sido enterrada. Ela mostrou-me o terreno baldio, na parte que não está inundada. A parte inundada do terreno baldio é o antigo cemitério de Oat. Também não registrei a morte de Mélia. Arranquei a última página do livro de registros de morte. Era a única página que ainda não estava cheia.

9.

Deixei a travessa dos Encantos. Sem Mélia, a casa é inabitável. O belchior propôs que eu viesse morar no apartamento da senhorita Marta. É ele quem cumpre as funções de prefeito enquanto espera que um representante oficial do continente seja nomeado para Oat. O belchior nomeou-me funcionária estagiária escrevente, como era meu desejo. Ele reconhece minhas qualidades. Fui formada pela senhorita Marta. O apartamento é bom para mim. Ocupo o grande cômodo ensolarado com vista para o mar. Finalmente desembrulhei o quadro de Mélia e pendurei-o na parede, diante da janela. É a primeira vez que posso contemplá-lo sob luz natural. Na casa de Mélia, só podíamos olhar para o quadro sob a luz das lâmpadas. O belchior veio me visitar para ver se eu estava bem instalada em meu novo apartamento. Ficou muito surpreso quando descobriu o quadro de Mélia. Nunca o vira antes. Reconheceu-o logo. Diz que é a cópia de um quadro do Museu do continente. O pintor e o modelo são desconhecidos. O belchior diz que é uma péssima cópia, nada fiel ao quadro. Então não é o retrato de Rosa, como Mélia achava que era. Mélia teria ficado muito decepcionada se soubesse que seu quadro é a cópia de uma quadro do Museu do continente. Acredito no belchior. Ele é entendido de pintura e conhece bem o Museu do continente, por causa de seus negócios e porque sempre vai lá acompanhar a construção da casa dele. Não sei mais o que pensar do quadro de Mélia, agora que sei que é uma cópia, e mesmo uma péssima cópia. Às vezes, quando me olho no espelho, tenho a impressão de que me pareço com o modelo do quadro. É uma idéia que tenho. Os espelhos são enganadores. Por força de olhar para o quadro de Mélia e de me olhar no espelho, acabo por ficar confusa. O mesmo acontece com os nomes. Às vezes não sei mais quem é Mélia. Mélia sou eu. É preciso não esquecer. Felizmente tenho a carteira de identidade com a foto colada em cima. Não há dúvida, eu me chamo Mélia. Mas não moro mais na rua dos Encantos número 7, como a senhorita Marta escreveu na carteira de identidade. Pedi ao belchior para escrever meu novo endereço na carteira de identidade para que ela esteja atualizada. Ele disse que não é da sua competência fazer isso e que, de todo modo, o endereço não tem importância.

  Agora que sou funcionária escrevente, os pescadores vêm me ver na prefeitura. Minha nomeação impõe que eles façam isso. Eles ditam-me cartas para a Municipalidade do continente. Acabou de chover como há muito tempo não chovia em Oat. As águas da lagoa subiram de repente e todo o bairro da lagoa, onde moram os pescadores, ficou inundado. Os pescadores ficaram desabrigados. Nas cartas que ditam, eles pedem autorização para morar nas casas vazias do bairro dos Encantos, que não está inundado. Os pescadores dizem que nunca viram tamanha enchente. O terreno baldio não existe mais desde que foi inundado. O terreno baldio agora é igual à lagoa. A água pára exatamente à beira do caminho que liga a cidade ao porto. É um milagre que o caminho não esteja inundado.

  O belchior todo dia quer trocar minha placa do Ermitério pelo cofre de jóias. Ele sabe contudo que nunca vou me separar da minha placa, mesmo que isso me custe renunciar ao cofre. São exatamente as jóias que eu gostaria de usar. O belchior explicou porque quer tanto minha placa. Antigamente, numa rua do bairro dos Encantos, bem atrás da praça das Guardas, havia uma loja de souvenirs com uma placa igualzinha à minha. É uma placa que não se parece com as placas de Oat. O belchior diz que não sabe de onde ela vem, mas está certo de que não vem de Oat. Foi esmiuçando essa loja de souvenirs que ele encontrou o cofre das jóias e que teve vontade de virar belchior. Depois, um dia, a loja fechou e a placa sumiu. Depois disso, o belchior sempre procurou recuperar a placa. E ele diz que sou eu quem tem a placa. Compreendo melhor agora o belchior. Ele lucra em ser conhecido. Acabou por compreender que eu não vou vender minha placa e não me quer mal por isso. Perguntei-lhe de quem era a loja de souvenirs. Ele se lembrou que era de uma mulher muito velha, mas não se lembrava se ela se chamava Rosa ou Mélia. Não pendurei a placa do Ermitério na minha nova moradia. É preciso não misturar o antigo e o moderno. Guardo minha placa sobre a mesinha-de-cabeceira, ao alcance da minha mão, para poder olhá-la à noite, antes de dormir. Não tenho mais necessidade de ler o livro de lendas. Só preciso ler Loja de Souvenirs escrito em alfabeto antigo na placa do Ermitério. O belchior não pode ter tudo. Ele comprou todas as placas do bairro dos Encantos.

A Rainha das Fadas nunca está no cais quando vou sentar no pontão. E no entanto ela voltou, pois cheguei mesmo a fotografá-la no dia da volta. Um pescador disse-me que ela volta muito tarde para o porto, depois de todos os barcos, bem depois que já fui dormir. As águas da lagoa começaram a baixar. Mas o terreno baldio continua inundado. A água cobre o terreno baldio, agora ela praticamente cerca Oat toda. A Municipalidade do continente autorizou os pescadores a morarem no bairro dos Encantos. As casas do bairro da lagoa estão todas inundadas. Os pescadores não lamentam a perda de suas casas.

Acabo de completar quatorze anos. Tenho a impressão de que o tempo passa cada vez mais depressa. No meu aniversário, quis rever a árvore florida do quintal da antiga casa de Nem. Ela floresce exatamente na época do meu aniversário. Mas a árvore não floriu. Está morrendo. As raízes devem ter apodrecido com tanta água que caiu. A árvore é muito velha, não resistiu. O quintal ficou desolado, agora que a árvore está morrendo. No meu antigo quarto ainda estão a pequena cama, a escrivaninha e a prateleira. É o único quarto que não está vazio no número 7 da rua dos Encantos.

O belchior não quer nem saber se o bairro da lagoa está inundado. Oat, para ele, é apenas a praça das Guardas. Embora tenha dito que não tinha mais nada para comprar em Oat e que não tinha mais nada para fazer aqui, o belchior não se decide a ir morar na casa do continente, que ainda não acabou de construir. Ele não quer ficar sem atividades. Então, começou a pintar as fachadas dos antigos edifícios da administração da praça das Guardas. A praça tinha uma triste aparência com as fachadas decrépitas. Foi uma boa idéia essa que o belchior teve de pintar as fachadas. Ele pinta todas as fachadas de cor-de-rosa. Está orgulhoso de sua obra. Instalou um banco no meio da praça e senta-se nele para contemplar todas as fachadas que acaba de pintar. É uma surpresa boa chegar na praça das Guardas pintada de cor-de-rosa pelo belchior. Pode-se jurar que é tudo novo. O belchior convida-me para sentar no banco ao lado dele. Toma-me sob sua proteção. Fala de sua casa do continente. Diz que a mobiliou com as mais belas peças que comprou em Oat nas casas do bairro dos Encantos. Pergunta a si mesmo se não vai transformar a casa do continente num museu de Oat. É engraçada essa mania de museus. O fotógrafo quer fundar um museu em Oat com a coleção de velhas máquinas fotográficas do continente e o belchior quer fazer de sua casa do continente um museu de Oat.

  O fotógrafo envelheceu muito. Não se refez da notícia de que a senhorita Marta preferiu ser diretora do Ilha Azul a ser diretora do museu de Oat. Antes de partir, ele propôs a ela abrir imediatamente um museu, sem esperar que ele tivesse terminado a coleção. Mas a senhorita Marta recusou. Depois disso, o fotógrafo ficou muito abatido. Não tem nem vontade de terminar a coleção, nem de fundar um museu em Oat. É através dele que tenho notícias da senhorita Marta. Ela manda-lhe notícias regularmente. As últimas notícias são ruins. O sucesso do Ilha Azul foi efêmero. O Ilha Azul vai fechar. A senhorita Marta, portanto, teve um insucesso na função de diretora do Ilha Azul. A clientela foi pouco a pouco se deixando tentar pelo prestígio sempre crescente do Bochincho. O Bochincho vai ganhar do Ilha Azul como ganhou do Continental. O fotógrafo chega a dizer que é por causa do Bochincho que o porto ainda é freqüentado. Os barcos programam uma noitada no Bochincho. O fotógrafo diz que agora a senhorita Marta está perdida. Ele não tolera mais as máquinas fotográficas. Arrumou-as dentro das caixas. Vou vê-lo com regularidade para fazer companhia a ele. Não esqueço que me deu a polaróide de presente. O belchior propôs que o fotógrafo vendesse a coleção para o Museu do continente. Diz que, embora inacabada, é uma bela coleção. A senhorita Marta fez mal em desprezá-la. O fotógrafo aceitou vender a coleção. Tem confiança no belchior. Diz que fez a coleção para nada. Ele tem um novo projeto. Quer que não haja mais rua das Cegonhas em Oat. Vai pedir para demolirem a casa dele. Diz que a rua das Cegonhas nunca deveria ter estado no centro do bairro dos Encantos. É um erro de concepção. O belchior convidou o fotógrafo para vir morar na casa dele, que é muito grande para uma pessoa só. O fotógrafo aceitou o convite do belchior. Diz que gosta da praça das Guardas, agora que o belchior pintou-a de cor-de-rosa. Não dá nem para dizer que antigamente os prédios administrativos de Oat ficavam na praça das Guardas. As casas cor-de-rosa não lembram prédios administrativos. É como se Oat de repente tivesse uma nova praça. O fotógrafo diz que o belchior devia ter sido pintor e que ele próprio devia ter sido arquiteto, diz que eles contrariaram a vocação. Ele contratou dois pedreiros para demolir sua casa. Fotografei a casa do fotógrafo antes que os pedreiros começassem a demoli-la. A casa está bem no centro da foto. No verso da fotografia, escrevi: *Rua das Cegonhas 1, no centro do bairro dos Encantos, a casa do fotógrafo antes da demolição.*

O patrão da Rainha das Fadas estás sentado sobre o pontão. Mas a Rainha das Fadas não está no cais. Não pude resistir à vontade de lhe pedir notícias de Yem. Ele também não perde a oportunidade de falar de Yem. Quer que eu o chame pelo nome, Cob. Cob, este não é um nome daqui, é um nome originário de Ot. Os antepassados de Cob são originários de Ot. Depois que voltou da longa viagem, Cob diz que tem vertigens quando vai para o mar. Então Yem vai pescar sozinho e cuida da Rainha das Fadas no lugar de Cob. Cob diz que agora Yem é melhor marinheiro do que ele. Foi durante a longa viagem a Oat que Yem tornou-se um marinheiro de verdade. Cob sempre sonhara em fazer esta viagem. Mas, com o pequeno barco, hesitava. Ele não se arrepende de ter ido até Ot, mesmo que tenha ficado com vertigens. Agora ele sabe que a Rainha das Fadas não é um barco como os outros. O antigo proprietário da Rainha das Fadas bem que dissera isso quando vendera o barco, mas Cob não tinha acreditado nele de verdade. Nunca mais Cob revira o antigo proprietário da Rainha das Fadas. Era um estrangeiro. Partiu logo depois da venda. Cob agora tem a prova de que ele não mentia quando falava das qualidades particulares da Rainha das Fadas. Durante a viagem, a Rainha das Fadas enfrentou muitas tempestades, sempre sem dar decepções. Cob e Yem fizeram boas pescas. Ganharam muito dinheiro. Antes de voltar a Oat, Cob mandou pintar a Rainha das Fadas de branco, para que ela não se parecesse com um barco de pesca, embora ela continue sendo um barco de pesca.

  Cob tem mais vontade ainda de me contar o que está acontecendo agora. Diz que Yem está a ponto de fazer o que nenhum pescador de Oat conseguiu fazer antes. Yem não quis voltar a pescar no mesmo lugar em que os pescadores de Oat vão. Decidiu ir pescar sozinho na costa norte, no meio dos arrecifes. Cob quis deter Yem, porque a costa norte de Oat tem uma reputação sinistra entre os marinheiros. Mas Yem não quis ouvir nada. Cob acha que se Yem é tão corajoso, isso é por causa da Rainha das Fadas. Yem faz do barco o que quer. E ganhou a aposta. Todo dia, depois da meia-noite, ele volta para o porto, as caixas cheias de grandes e belos peixes. Já ao amanhecer ele volta a sair para pescar na costa norte. E toda noite, depois da meia-noite, Cob espera Yem sentado sobre o pontão. Yem entrega a pesca para ele. De manhã, Cob provoca admiração e inveja em todos os pescadores de Oat quando vai ao mercado vender a pesca de Yem. Cob diz que Yem está protegido dos perigos porque a Rainha das Fadas é mais forte que o mar e seus arrecifes. Indaga-se o que vai comprar com todo o dinheiro que ganha vendendo os peixes que Yem pescou. Nunca teve tanto dinheiro. Ele não pensa que teria sido tão corajoso quanto Yem, se tivesse a idade dele, mas acha que se Yem é tão corajoso é graças a ele e à viagem que fizeram juntos a Oat. Compreendo agora porque a Rainha das Fadas nunca está no cais quando venho sentar sobre o pontão. Cob disse-me que se eu quiser ver Yem, tenho que estar no cais depois da meia-noite.

10.

Yem cumpriu a promessa que me fez no primeiro dia em que o encontrei. Deixou eu subir a bordo da Rainha das Fadas. Cheguei exatamente depois da meia-noite, como Cob tinha dito. É a primeira vez que subo a bordo de um barco. Somente sentimos que não estamos mais sobre a terra, mas sobre a água. Yem ainda mora na pequena cabine sob o convés. É uma cabine para uma pessoa só, com uma caminha estreita e desconfortável. Yem e eu sentamos na caminha. Yem acendeu a lâmpada. Pude então vê-lo com clareza. Acho que ele mudou muito. Tem os traços marcados pela idade e o ar muito cansado. Diz que à noite, de volta da pesca, dorme feito uma pedra, de roupa e tudo, sobre a cama. Tem a impressão de morrer durante o sono. Toda noite ele tem a impressão de que morreu. Mas ao amanhecer, quando levanta a âncora e deixa o porto, diz que a vida retorna.

Yem abriu uma garrafa de vinho espumante. É a primeira vez que bebo deste vinho. Yem diz para eu fazer um pedido, porque é a primeira vez que subo num barco e que bebo vinho espumante. Fiz o pedido logo, sem pensar: vida longa e feliz para a Rainha das Fadas. É o único pedido que me vem à cabeça. Perguntei a Yem se ele também tinha feito um pedido. Disse-me que fez na noite em que bebeu vinho espumante pela primeira vez. Foi com Cob, na véspera da partida para Ot. Yem não me contou o pedido que fez. É o segredo dele. Pediu para eu contar minha vida em Oat. Contei tudo, menos o que aconteceu com o motorista do caminhão e com Pim. Depois Yem falou dele. Minha cabeça está rodando mais a cada vez que Yem me dá esse vinho tão bom de beber com toda essa espuma. Tenho a impressão de que a voz de Yem vem de muito longe. Yem me conta de novo tudo o que Cob já contou. A Rainha das Fadas não pode fazer água, é feita de um modo diferente dos outros barcos. Yem fala-me também do canal que ele descobriu na costa norte, no meio dos arrecifes. Não contou isso a Cob. Fez-me prometer que eu também não iria contar. Contou só para mim. É um canal muito estreito em que somente um barco tão pequeno como a Rainha das Fadas pode penetrar. Parecia um canal feito expressamente para a Rainha das Fadas. Yem acha que nenhum marinheiro antes dele descobriu esse canal, porque ele fica invisível para quem ainda não penetrou na zona dos arrecifes. Adoro ouvir Yem falar. A voz dele me chega cada vez mais fraca. Adormeci ouvindo-o assim como ele deve ter adormecido falando. Acordou-me ao amanhecer. Dormimos juntos e todos vestidos na caminha estreita. Pedi a Yem para me levar com ele para a costa norte, no meio dos arrecifes. Mas ele não quis. Pesca sozinho. Então, eu desci para o cais e olhei-o partir.

 Todas as noites, depois da meia-noite, fico no cais com Cob e percebo a Rainha das Fadas que volta ao porto. E todas as noites durmo com Yem na minúscula cabine. Yem volta sempre tão exausto da pesca que dorme no mesmo instante em que se estende sobre a caminha. Para mim, é como se ele estivesse morto. Queria poder acordá-lo, mas ele precisa muito do sono para repor suas forças. Depois que passei a dormir com Yem, fiquei com o sono leve. No amanhecer, quando Yem volta à vida, ele volta para ir pescar com a Rainha das Fadas.

 Yem quis que nós ficássemos noivos no dia do meu aniversário. Faço quinze anos. Ele me deu um presente de noivado. Comprou do belchior o cofre de jóias do qual eu tanto lhe falara. Para mim, não existe presente tão lindo. Foi por amizade a mim que o belchior aceitou vender a Yem o cofre ao qual ele tanto tinha apego. No dia do meu aniversário de quinze anos, que é também o dia do meu noivado, pus todas as jóias do cofre, menos uma. Eu, que nunca usei jóias, fiquei coberta delas. Yem disse que tenho que usá-las sempre porque de agora em diante elas fazem parte de mim. Não ousei dizer-lhe que são muitas jóias para mim.

    Com o que resta de dinheiro, Yem comprou um pequeno terreno que fica na avenida ao lado do porto de pesca. Quer construir uma casa no terreno. Diz que não podemos continuar a dormir os dois apertados na caminha da cabine. É a primeira vez que Yem pensa em dormir numa casa, e não num barco. Será uma casa de frente para o mar e apenas a poucos metros da Rainha das Fadas. Yem diz que vamos casar assim que a casa estiver pronta. Pediu para eu escolher a planta da casa, com a condição de que ela tivesse boas fundações. Pensei no fotógrafo. Vou dar a ele a oportunidade de exercer a profissão de arquiteto. O fotógrafo mudou-se para a casa do belchior. Os dois pedreiros estão demolindo a casa da rua das Cegonhas. Fui ver os dois pedreiros para perguntar se eles querem construir nossa casa quando tiverem acabado de demolir a casa do fotógrafo. Eles aceitaram imediatamente. O fotógrafo quer fazer a planta, mesmo que ela tome todo o seu tempo. Quer fazer uma planta perfeita.

    Yem acha que é o tal. Todo dia ele volta com o barco carregado de caixas cheias de peixes grandes. Ele ganha muito dinheiro, que divide com Cob. Divide em partes iguais. Yem adiantou uma parcela de dinheiro para os pedreiros, para que eles comecem as fundações assim que acabarem de demolir a casa do fotógrafo. Eles não acabam de demolir a casa nunca, porque ela é uma construção muito sólida. O fotógrafo terminou de fazer a planta. É a mesma planta da casa da rua das Cegonhas, sem tirar nem pôr. O fotógrafo diz que tentou fazer outras plantas, mas que aquela era a única que o satisfazia completamente. Eu trouxe a planta do fotógrafo para os pedreiros. Eles precisam da planta para começar a fazer as fundações.

    Yem pediu a Cob que lhe vendesse a Rainha das Fadas. Não se contenta em ter o barco só para si, quer ser o proprietário dele. Cob disse que queria pensar. Mas vai aceitar, porque quer se aposentar. A cada noite Yem chega mais exausto. Pesca cada dia mais. Precisa de muito dinheiro para pagar o barco e a casa. Pesca além de suas forças.

Oat foi oficialmente ligada à Municipalidade do continente. O belchior foi nomeado oficialmente representante do continente em Oat. Ele foi designado para exercer esta função porque mora em Oat e tem uma casa no continente. A prefeitura do porto foi fechada. O belchior abriu seu escritório de representante do continente na recém-pintada praça das Guardas, no andar térreo da grande casa dele. Instalou-me num pequeno escritório perto do dele. Continuo sendo funcionária escrevente. Continuo sempre a escrever cartas, agora cartas administrativas entre Oat e o continente. O belchior leva bem a sério sua função oficial.

Depois que sua casa foi demolida, o fotógrafo diz que quer esquecer a rua das Cegonhas. A placa onde estava escrito rua das Cegonhas foi retirada. Não há mais rua das Cegonhas. O fotógrafo mora num pequeno quarto no segundo andar da casa do belchior. Só quer ocupar um cômodo. Não levou nada consigo. A coleção de velhas máquinas fotográficas foi vendida por um bom preço para o Museu do continente. O fotógrafo nunca mais falou no assunto. É como se ele nunca tivesse tido coleção alguma. No lugar da rua das Cegonhas, no centro de bairro dos Encantos, agora há um vazio. Pedi ao fotógrafo para tirar um retrato meu e de Yem no local de nossa futura casa. Cabe a ele tirar o retrato, porque ele é o arquiteto. Os pedreiros acabam de começar a fazer as fundações. O fotógrafo disse que vai ser o último retrato que ele tira. Yem ficou bem grande ao meu lado no retrato. Sou menor do que imaginava. Devo ter parado de crescer aos doze anos. No retrato, os olhos de Yem e as pedras das minhas jóias têm o mesmo azul. No verso da fotografia, escrevi: *Yem e Mélia no dia do noivado diante do local da futura casa deles de frente para o mar no primeiro dia em que foram lançadas as fundações.* Coloquei minha nova foto no meu livro de lendas.

O escritório da Alfândega cresceu, agora ocupa a parte reservada à antiga prefeitura. Conservo minha moradia no último andar. Mas nunca fico lá. Não tenho nada para fazer ali. Não reconheço mais o quadro de Mélia. Com certeza ele não foi feito para ficar exposto à luz do sol. Todas as cores estão prestes a desaparecer. Pode-se somente distinguir o modelo. Os traços da mocinha estão quase apagados. Passo o dia no meu pequeno escritório da praça das Guardas e as noites na cabine da Rainha das Fadas. O sono de Yem está cada vez mais agitado. Yem pergunta-se por que a pesca não está mais tão boa como era há tão pouco tempo. E ele continua a pescar como o mesmo ardor. Mas diz que há menos peixes na costa norte de Oat. Ele avança para dentro do canal na esperança de reencontrar os peixes grandes. Mas tem a impressão de que lá dentro do canal não há muita pesca. Fica nervoso. Tenta compreender o que acontece, mas não compreende. E no entanto ele deveria ficar contente. Agora é o proprietário da Rainha das Fadas. Cob vendeu o barco para ele pelo mesmo preço pelo qual o comprara antigamente. Foi um belo presente que ele deu a Yem.

Cob acaba de ter a idéia daquilo que vai comprar com o dinheiro que tem. Vai mandar construir um bangalô na praia das Gaivotas. Sempre adorou essa praia. Agora que ele vendeu a Rainha das Fadas, quer acabar seus dias ali. Como tem mesmo pressa de morar lá, preferiu mandar construir um bangalô, porque diz que é mais rápido de construir e não requer fundações. Cob diz que, sobre a areia, para quê fundações. O bangalô chegou em pedaços independentes vindos do continente num grande navio. Basta montar os pedaços. Todo dia Cob vai à praia das Gaivotas cuidar da construção do bangalô. Comprou um barco para ir à praia das Gaivotas. Mas diz que o barco é muito cansativo, não é mais para a idade dele. Então comprou um carro para ir e vir da praia ao porto. Cob tem orgulho de seu carro. É um Buick que estava em promoção, todo cromado, e que também veio diretamente do continente. Cob nunca se cansa de olhar para o Buick.

Cob teve que tirar licença para guiar o Buick. Os pescadores de Oat nunca têm licença, porque nunca têm carro. Cob me leva no seu carro. Fazemos idas e vindas sem parar da praia ao porto e do porto à praia. É um Buick conversível. Cob adora abrir e fechar a capota. Mesmo que seja um antigo modelo de Buick, este é um modelo aperfeiçoado. Para abrir e fechar a capota, basta apertar um botão. É embriagante correr no Buick com Cob. Esqueço as preocupações de Yem. Mesmo que as caixas de peixes não estejam tão cheias, elas continuam ainda bem cheias. Eu partilho a felicidade de Cob.

Espero o domingo durante toda a semana, mais ainda do que espero as madrugadas de todos os dias da semana. Yem não vai pescar aos domingos. No domingo ele me leva para passear no mar. Yem não quer me levar à costa norte, lá onde ele pesca. Leva-me à costa sul, porque o mar ali está sempre calmo. Fico na ponte ao lado de Yem. Vamos muito longe em direção ao mar alto até que não vemos mais Oat.

De tarde, vamos visitar Cob na praia das Gaivotas. Ele nos espera. Fica contente de rever a Rainha das Fadas todo domingo. Yem joga a âncora bem diante do bangalô de Cob e vamos até a praia num pequeno bote salva-vidas de borracha. Yem ensinou-me a remar. Yem sempre põe o pequeno bote na praia ao lado do barco de Cob. Cob nunca mais usou o barco, agora que tem o Buick. Instalou longos caniços de pesca na frente do bangalô e fica vigiando eles da varanda, de manhã à noite. Diz que pega muitos peixes.

Yem e eu andamos na praia. Viramos para ver a Rainha das Fadas. As letras são de um negro brilhante sobre o casco branco. Yem comprou velas novas de um branco imaculado. Vista da praia das Gaivotas, pode-se pensar que a Rainha das

Fadas é um pequeno barco de passeio. Na cabine, acima da caminha, gravei nossos dois nomes: Yem e Mélia. Yem diz que eu estraguei a madeira envernizada. Aos domingos, é como se a semana não existisse.

Fotografei Cob na frente do bangalô. O bangalô ficou minúsculo na foto diante do tamanho da praia, e Cob também ficou minúsculo na varanda onde está sentado. Isso aconteceu porque eu tirei a foto bem de longe para pegar bastante a praia com os bancos de areia cheios de gaivotas apertadas uma contra as outras. O bangalô é azul como o mar. No verso da foto, escrevi: *O bangalô azul de Cob, o antigo proprietário da Rainha das Fadas, na praia das Gaivotas.*

Yem e eu passamos a noite no Buick. As chaves ficam no painel. Nem Yem nem eu sabemos guiar. Não temos vontade de andar, apenas temos vontade de ficar dentro do Buick. Fechamos a capota para ficarmos protegidos. Deitamos sobre o banco de trás. Ele é bem grande e mais confortável que a caminha da Rainha das Fadas. É um verdadeiro banco para dois. Faz calor no Buick quando subimos a capota. Temos a impressão, Yem e eu, de que fazemos uma viagem imóvel. Cob está sempre na varanda vigiando os caniços e olhando a Rainha das Fadas. Pedi a Cob que nos fotografasse, Yem e eu, dentro do Buick. Cob enquadrou mal a foto. Só se vê a dianteira do Buick em primeiríssimo plano. É tudo o que se pode ver na foto, que pára exatamente antes do pára-brisa. Então não se vê Yem e Mélia no Buick. Disse a Cob que a foto ficara boa para não deixá-lo triste. Ele não entende nada de enquadramento de fotos. No verso da foto, escrevi: *A frente do Buick e Yem e Mélia invisíveis no banco de trás.*

11.

O Bochincho fica totalmente cheio todas as noites. Ilumina todo o porto, de tão iluminado que é. Parece que é preciso fazer reservas com bastante antecedência. Passando na frente do Bochincho, penso ter visto a senhorita Marta no terraço. Somente pelo fotógrafo posso saber se é a senhorita Marta que julguei ver no terraço do Bochincho. O fotógrafo está cada dia mais silencioso. As persianas da janela do quarto dele ficam fechadas. Ele não sai mais para a praça das Guardas. Tenho medo de que esteja doente. Ele está com uma péssima aparência depois que a casa dele foi demolida e diz que esqueceu a rua das Cegonhas.

Quando entrei no quarto do fotógrafo, encontrei-o sentado na poltrona, no escuro. Não quis que eu abrisse as janelas. Foi preciso falar com ele no escuro. Levou um bom tempo para me responder quando perguntei se era a senhorita Marta a pessoa que julguei ver no terraço do Bochincho. Depois do fechamento do Ilha Azul, a senhorita Marta sentia-se no exílio no continente. Então ela acabou por ceder ao poder de atração do Bochincho. O fotógrafo diz que ela aceitou o emprego mais subalterno, o mais indigno dela. Agora ela vive dia e noite no Bochincho. O fotógrafo diz também que a senhorita Marta está doente. Diz que ficou doente pouco depois de chegar ao continente. Tem um mal incurável e sem esperanças. O fotógrafo pediu-me que eu não subisse mais para vê-lo no quarto. Não quer mais falar da senhorita Marta, mas quando me vê, não pode evitar de falar dela. Ele quer viver sozinho.

Não fui ao Bochincho ver a senhorita Marta. Não sei como ela teria me recebido. Não acredito que tenha vontade de me ver de novo. E depois, eu tenho que manter minha promessa. Yem não compreenderia se soubesse que fui ao Bochincho. Nunca falei da senhorita Marta para Yem.

Acabou a inundação. Mas o terreno baldio permanece quase totalmente coberto de água, menos o lugar do caminho. O bairro da lagoa tornou-se uma desolação. As casas foram gravemente atingidas, estão ameaçadas de desabar. Os pescadores não vão poder morar de novo nas antigas casas. Vão continuar a morar no bairro dos Encantos. Não se reconhece mais a rua dos Limites. É como se estivéssemos depois do dilúvio. A casa da rua dos Limites foi levada pela violência das enchentes. Embora a fachada fosse de pedra, ela era menos sólida do que parecia. Não há mais casas na rua dos Limites. Nem mesmo há uma rua. O recém-casado deve ter encontrado a recém-casada em alguma parte do fundo da lagoa. O grande navio enferrujado acabou por ser totalmente tragado. A lagoa está vazia. Não sei por que volto a este bairro desolado. Talvez seja por causa da montanha do Ermitério, que posso perceber de longe quando as nuvens se afastam. Tento lembrar da casa das cascatas. Tenho a impressão de que tudo se esgarça. Yem diz que eu não devia voltar à beira da lagoa. Mas ele, bem que ele vai ao canal com a Rainha das Fadas.

  Todo dia passo para ver os pedreiros que escavam as fundações da nossa futura casa. Eles escavam bem fundo, como é a vontade de Yem e a planta do fotógrafo. Será uma casa de pedras como a antiga casa da rua das Cegonhas. Tenho pressa de que os pedreiros acabem de escavar para que comecem a construir a casa. Estou cada vez mais preocupada com Yem. Em algumas noites, a Rainha das Fadas não volta para o porto. Yem se meteu muito longe para dentro do canal e não tem tempo de voltar. Não gosto de vê-lo assim tão longe do porto à noite. Os peixes continuam desaparecendo. Espero Yem todas as noites de madrugada, sem saber se ele vai voltar ou não. Agora que Cob mora na praia das Gaivotas, sou eu que vou vender os peixes no mercado. A cada dia a soma que me dão em troca da pesca de Yem é menor. Quando Yem volta para o porto ele está tão sombrio que por vezes mal repara que estou no pontão esperando-o. Ele não pára de se perguntar por que não tem mais peixes no canal. Perguntei-lhe por que ele não vai pescar onde vão pescar todos os pescadores de Oat. Yem me respondeu que ele nunca vai pescar com os pescadores de Oat porque a Rainha das Fadas não é um barco de pesca como os outros. Yem está longe. Quase não dorme mais à noite. Ele vira e revira na caminha.

    Os pedreiros finalmente acabaram de escavar as fundações. Pediram a Yem um novo adiantamento para começar a obra. Mas Yem não tem mais adiantamento para dar, agora que não ganha quase nada. Então os pedreiros disseram que não trabalham mais sem adiantamento e decidiram suspender os trabalhos. Não sei mais quando irei ver nossa casa sair da terra. Não me sinto à vontade no apartamento da antiga prefeitura depois que todos os prédios pertencem ao escritório da Alfândega. O belchior deu-me um quarto com varanda na sua casa da praça das Guardas. Ele achou que eu ficaria bem instalada neste quarto que tem uma vista panorâmica para toda a praça. É um quarto vizinho ao do fotógrafo. O belchior adivinhou minhas preocupações e minha decepção, embora eu não tenha falado delas. Levei todas as minhas coisas para meu novo quarto. Continuo a dormir com Yem quando a Rainha das Fadas volta ao porto, mas não levei minhas coisas para a cabine. Não tem lugar, e Yem nunca me pediu para fazer isso. Na parede do meu novo quarto, em frente à varanda, pendurei o grande quadro de Mélia. O quadro não suportou a luminosidade do meu quarto antigo. Todas as cores e mesmo o modelo sumiram. Não se pode mais saber que o quadro de Mélia fora a cópia de um quadro do Museu do continente. Não se vê mais nada quando se olha o quadro. Fotografei-o tal como está agora. Vê-se uma grande mancha branca na foto. No verso da foto, escrevi: *O grande quadro branco de Mélia*.

    Nunca vou esquecer este domingo. Yem e eu fizemos o passeio no mar e depois fomos ver Cob na praia das Gaivotas, como todos os domingos. Yem levou uma garrafa de vinho espumante para beber no Buick. Está feliz como se acabasse de fazer a melhor pesca do mundo. E contudo, ontem ele voltou ao porto antes da meia-noite com todas as caixas vazias e anunciou-me que vai desistir da pesca. Não ficou com o ar arrasado por causa da desistência. Ao contrário, ficou com ar de quem foi liberto. Yem não me disse o que vai fazer agora que desistiu de pescar. Bebemos toda a garrafa de vinho espumante. A nossa cabeça roda cada vez mais. É como se não houvesse mais Rainha das Fadas. O Buick também se põe a rodar. E no Buick que roda cada vez mais rápido, Yem me pede para casar com ele. Eu achava que ele só queria se casar quando a casa estivesse pronta. Mas ele diz que mudou de idéia. Quer que nos casemos agora. Diz que ficamos noivos por muito tempo. Então, o vinho espumante é para comemorar o pedido de casamento. Pediu-me perdão por não ter mais dinheiro para comprar um presente de casamento para mim. Eu disse a ele que o cofre de jóias é um presente de noivado e de casamento.

Cob ficou comovido quando Yem lhe avisou que nós íamos nos casar. De um tempo para cá, Cob não vai mais ao porto. Mas, para o nosso casamento, ele diz que volta lá. Quer ser nosso padrinho. Ligou o motor do Buick para verificar se ele continua pronto para funcionar. Não tem mais vontade de guiar porque não tem vontade de sair da varanda do bangalô onde se sente tão bem. Então, esquece de ligar o Buick. Há areia infiltrando-se no motor do Buick. Cob não conhece nada de mecânica. Mesmo que estejamos protegidos na praia das Gaivotas, quando o vento sopra, ele levanta a areia e a areia se infiltra no motor do Buick. A areia é ruim para o motor. Os frisos começam a ser atacados pela ferrugem. Cob acha que o Buick vai bem como está. Diz que não tem com o que se preocupar, porque o motor está funcionando.

O belchior nos casou dois dias depois. Foi o primeiro casamento que fez depois que foi nomeado representante oficial do continente em Oat. Levou muito a sério a cerimônia do casamento. Fez de tudo para que o fotógrafo fosse assisti-la. O fotógrafo acabou por ceder, ele que fizera uma promessa de nunca mais sair do quarto. Ele foi nosso segundo padrinho, junto com Cob. Sei que enquanto assistia ao nosso casamento, o fotógrafo estava pensando na senhorita Marta, que nunca se casou, e pensou também na vida que ela leva agora, dia e noite do Bochincho. Eu também por um momento pensei na senhorita Marta. Mas logo a esqueci. É o dia do nosso casamento. O belchior casou-nos no convés da Rainha das Fadas, como Yem queria. No meu cofre resta uma jóia que eu nunca usei. É um anel muito antigo. Será o meu presente de casamento. Yem colocou-o no meu dedo. Ele é exatamente da largura do meu dedo. Não vou tirá-lo nunca mais. Não há anel para Yem.

Yem quis me fotografar com o meu vestido de casamento no convés da Rainha das Fadas. É a última foto que restava na polaróide. Preferi que Yem tirasse meu retrato diante da nossa futura casa. Há um grande buraco cavado na terra, agora que acabaram de fazer as fundações. Meu vestido de casamento foi o presente que o belchior me deu. É um vestido de cetim e renda, com uma enorme cauda. É um vestido antigo que nunca foi usado. O belchior guardara-o para oferecê-lo à sua noiva no dia do noivado, mas ele nunca noivou. É a primeira vez que uso um vestido longo com cauda. O belchior diz que um vestido de casamento só pode ser usado por vinte e quatro horas. Quis oferecer a Yem uma roupa de casamento, mas a roupa não tinha o tamanho de Yem. Então Yem casou-se com a roupa de domingo, uma roupa de marinheiro com botões dourados. Yem usou a polaróide pela primeira vez. Calculou bem o enquadramento para que se vejam as fundações da nossa futura casa e também a Rainha das Fadas em segundo plano. Eu fiquei em primeiro plano. Fiquei um pouco embaçada no retrato por causa do véu de filó que me esconde o rosto e que é levantado pelo vento. No verso da foto que Yem me deu, escrevi: *Mélia fotografada por Yem no dia do casamento, diante da fundação acabada da futura casa deles, com a Rainha das Fadas em segundo plano.* Lamento que Yem não esteja do meu lado na foto. Mas ele disse que cabia a ele tirar o último retrato. Então ele não podia estar na foto e tirar a foto ao mesmo tempo. O fotógrafo não estava mais lá quando Yem me fotografou.

    Passei minha noite de núpcias na cabine da Rainha das Fadas com Yem. Não dormimos de noite. Fiquei com meu vestido de noiva durante a noite toda. Foi Yem quem quis que eu ficasse com o vestido. Eu teria ficado com ele por vinte e quatro horas, como o belchior dissera que era preciso ficar. Yem falou a noite toda. Avisou-me que vai partir com a Rainha das Fadas para uma viagem muito longa. Ele nunca esqueceu a viagem que fez com Cob até Ot. Yem diz que Ot não tem nada a ver com Oat. Ele quer explorar o canal, segui-lo até o fim. Quer saber onde o canal leva. Diz que a Rainha das Fadas é o barco certo para o canal e que ele não quer perder a oportunidade que lhe é oferecida. Diz que começou a compreender isso pouco a pouco quando a pesca começou a sumir. Ele não lamenta mais a pesca. Yem esperou pela noite de núpcias para me avisar que vai partir. Pedi para acompanhá-lo. Ele disse que não há lugar para dois na Rainha das Fadas numa viagem tão longa. Disse que ia voltar e que é para eu esperá-lo. Durante toda a noite falou da viagem que vai fazer seguindo o canal.

    Ao amanhecer, como nas outras manhãs, desci para o cais e olhei a Rainha das Fadas deixar o porto. Depois de um tempo Yem não olhou mais para mim, olhou para o largo, em direção ao canal. Mas eu continuei muito espichada no cais, com meu vestido de casamento, para ver se enxergava mais longe. Fiquei muito tempo olhando o mar, muito tempo depois que a Rainha das Fadas tinha sumido no horizonte. E depois, de repente, tudo parou. Tive a impressão de que nem o mar se mexia.

Eu ainda estava no cais quando os pescadores chegaram. Perguntaram o que eu fazia ali sozinha com meu vestido de noiva. Então contei a eles sobre a partida de Yem e sobre o canal que ele quer seguir até o fim. Os pescadores balançaram a cabeça. Dizem que o canal só existe nas lendas. Acham que fiz mal de me casar com Yem. Mas eu não acho isso. Tive razão de me casar com Yem. Não interessa o que os pescadores pensam. Eles não entendem nada da Rainha das Fadas.

Minha menstruação está atrasada. Toda vida tive menstruações regulares, desde que saí do Ermitério. E agora, pela primeira vez, estou com a menstruação atrasada. Voltei a ler o folheto que me deram no dispensário. Está escrito que, quando ficamos com as regras atrasadas, é preciso ir imediatamente ao dispensário. No dispensário, fizeram uma consulta, fizeram exames. Finalmente disseram-me que não era um simples atraso da menstruação, mas uma verdadeira suspensão da menstruação. Isso quer dizer que estou grávida. Deram-me um novo folheto em que se explica tudo o que acontece durante os nove meses da gravidez. Nove meses é muito tempo. Leio e releio o folheto. Quero compreender tudo. É a primeira vez que fico grávida. Isso é bem mais importante do que a primeira vez em que fiquei menstruada.

Todo dia passo na frente do local em que vai ficar a nossa futura casa. Por enquanto não passa de um canteiro fechado com um grande buraco no meio. Coloquei uma placa diante das fundações: Propriedade privada. E escrevi na placa o nome dos proprietários: Yem e Mélia. Adoro passar diante da placa em que os nomes estão escritos ao lado de propriedade privada. Yem e eu casamos em regime de comunhão. O belchior explicou o que significa isso. Tudo o que eu tenho pertence a Yem e tudo o que Yem tem pertence a mim.

Todos os domingos vou à praia das Gaivotas. Vou a pé. São bem umas duas horas de caminhada, e mesmo assim quando se anda depressa. Tenho prazer em caminhar depressa no caminho que margeia o mar. Meu corpo precisa de exercício. A caminhada me faz bem. Respiro a plenos pulmões. Cob não ficou interessado quando eu lhe disse que estou grávida. E no entanto esta é uma grande notícia. Mas Cob só pensa na Rainha das Fadas e em Yem. Foi preciso eu lhe contar sobre a existência do canal para poder explicar as razões da partida de Yem. Ficou absorto em seus pensamentos depois que lhe contei sobre o canal. Disse que queria ser Yem, e não Cob. Ele não gosta mais da praia das Gaivotas nem do bangalô azul. Diz que somente Yem compreendeu o que era preciso fazer com a Rainha das Fadas. É o barco feito para o canal. Não era um barco feito para ir a Ot nem para pescar no meio dos arrecifes. Cob estava feliz e agora não está mais. Ele sonha diante dos caniços de pesca. Esquece de colocar as iscas. Nem me pergunta como eu vou.

Passo o domingo dentro do Buick. É por causa do Buick que vou à praia das Gaivotas, e não por causa de Cob, que age como se eu não existisse. Agora ele escarnece muito do Buick. Deixa-o enferrujar e encher de areia por toda parte. Os pneus furaram. Tentei colocar o motor em funcionamento. O motor pifou. O Buick não anda mais. As gaivotas adoram o Buick. Servem-se dele como de um poleiro. Ficam apertadas na parte da frente e dos lados. Se eu não fechasse a capota, elas invadiriam o interior do carro. Quando estou no Buick, as gaivotas ficam lá, de encontro ao pára-brisa, olhando para mim. Deito no banco de trás. Depois da caminhada, preciso me deitar. Fico horas no banco olhando as gaivotas. Sinto zumbidos na cabeça e nos ouvidos.

Nunca mais vou ver a senhorita Marta. Ela foi encontrada morta no banheiro do Bochincho. Foi o belchior quem me deu a triste notícia. Então, a senhorita Marta freqüentou o banheiro até o fim. O belchior não sabe como ela morreu. Ele organizou uma cerimônia funerária em homenagem àquela que foi outrora a senhorita Marta e ao papel que ela desempenhou na prefeitura do porto. Parece que havia muita gente no terraço do Bochincho no momento da cerimônia funerária. O belchior só me deu a notícia da morte da senhorita Marta depois da cerimônia funerária, para não me deixar nervosa. Ele diz que, no meu estado, não posso ter emoções violentas. Ele conhece minha ligação com a senhorita Marta. Penso agora com muita freqüência no triste fim da senhorita Marta. Não conheço as circunstâncias desse fim, mas no banheiro do Bochincho, só pode ter sido um triste fim. O belchior diz que foi uma morte vergonhosa. Mas a senhorita Marta foi reabilitada graças à cerimônia funerária que rendeu homenagem ao passado dela como prefeito. O belchior não pode compreender verdadeiramente a senhorita Marta, apesar da vontade que ele tem de compreendê-la.

Nunca mais vi o fotógrafo desde o dia do meu casamento. Ele não foi à cerimônia funerária. As persianas do quarto dele estão sempre fechadas. O fotógrafo nunca sai. Embora eu more no quarto vizinho ao dele, não ouço qualquer barulho. O belchior diz que depois da morte da senhorita Marta, o fotógrafo abandonou-se. Nada pode consolá-lo porque ele está inconsolável. Vive sozinho no seu quarto escuro.

O belchior vai e vem entre Oat e o continente. Tem duas vidas e duas casas. Não tem mais nada para comprar em Oat, mas gerencia melhor daqui a pequena fortuna que juntou desempenhando a profissão de belchior. Graças a ele, a praça das Guardas parece nova. Nada mais de Oat se parece com Oat agora. O bairro da lagoa está inabitável para sempre. O bairro dos Encantos tornou-se o bairro dos pescadores. A rua das Cegonhas desapareceu. E a praça das Guardas não se parece mais com a antiga praça das Guardas. A casa do belchior no continente tornou-se oficialmente museu de Oat, assim como ele pensara em fazer. O museu teve sucesso. Oat é conhecida pelos habitantes do continente graças ao museu do belchior. Tudo que tinha valor antigamente nas casas do bairro dos Encantos ficará, de agora em diante, exposto no continente, no museu do belchior.

    Às vezes os marinheiros que fazem escala em Oat falam para os pescadores sobre a Rainha das Fadas. Sempre estão vendo a Rainha das Fadas muito longe de Oat e nunca na mesma direção. É preciso não dar ouvidos ao que contam os marinheiros em escala. Yem continua sua rota no canal. Ele disse que iria até o fim. Se o canal existe nas lendas, esta é uma prova de que ele existe. Os pescadores não compreenderam nada das lendas. Foi Rosa quem me ensinou a compreendê-las. Ela compreendia-as melhor do que ninguém. Não foi à toa que ela me ensinou a ler no livro de lendas e que depois disso me deu o livro. Foi o único presente dela. O pedido que Yem fez da primeira vez que bebeu vinho espumante com Cob e que ele nunca quis me contar porque era um segredo certamente era fazer esta longa viagem sozinho com a Rainha das Fadas e descobrir o canal com o qual sonhava antes mesmo de tê-lo descoberto. O pedido fora atendido. Espero que o meu pedido também seja atendido. São pedidos complementares. Yem fez seu pedido antes de noivar. Um pedido é sagrado.

    No meu quarto da praça das Guardas acabei por virar o quadro de Mélia para a parede. Para quê vê-lo no lugar se não há mais nada para ver nele? Mélia também virara ele de costas no salão dela. Gosto muito do meu quarto quando o sol se põe. O sol entra no quarto. A luz fica cor-de-rosa por causa das fachadas pintadas pelo belchior e também por causa da luz do sol se pondo. Pode-se dizer que moro num quarto cor-de-rosa bem antes que a noite caia. O fotógrafo fechou-se para sempre em seu quarto escuro. Agora não há mais esperanças para ele.

    Todo mês vou à visita médica no dispensário. Meu corpo está mudando. Estou com a barriga cada vez mais redonda. Faço tudo como dizem para eu fazer no dispensário. Tomo pílulas vitaminadas. Toda tarde faço a sesta. Sonho com Yem e com a Rainha das Fadas.

    No domingo, Cob estava num estado de grande excitação quando eu cheguei. Ao largo da praia das Gaivotas, bem em frente ao bangalô, há um soberbo iate branco, o maior iate que jamais se viu. O nome está escrito com letras azuis: a Rainha das Fadas. Cob retirou os caniços da praia porque elas atrapalhavam a visão que ele tem, quando está no terraço, deste grande iate bem em frente do bangalô. Diz que foi o que ele sempre esperou, é a Rainha das Fadas. Esqueceu-se de Yem. Passei o domingo deitada no Buick, com os olhos fechados. Há uma festa a bordo do iate. Ouço a música até dentro do Buick. Sou embalada pela música que vem do iate. Cochilei muito tempo no Buick, de olhos fechados.

    No domingo seguinte o bangalô de Cob estava fechado. Procurei Cob por toda parte. Nenhum traço de Cob, nem na praia nem nos arredores. Desapareceu sem me deixar uma palavra de adeus nem uma explicação. Somente deixou-me o Buick já cheio de areia pela metade. O iate não está mais amarrado ao largo da praia das Gaivotas. E o barco de Cob não está mais na praia.

12.

Na visita médica, disseram-me que é para logo. Da próxima vez que eu vier ao dispensário, será para dar à luz. Mostraram-me o quarto. É um quarto branco de frente para o mar. Já está tudo pronto. Há um berço ao lado do leito. Deram-me um novo folheto para eu me preparar para o parto. Sempre fui bem tratada no dispensário. Disseram-me que tenho uma ótima gravidez e que tudo vai bem. O belchior deu-me uma licença especial de maternidade. Não trabalho mais no escritório. Fico livre durante o dia. Repouso bastante. De vez em quando volto à beira da lagoa, agora que ela não está mais inundada. Não posso deixar de voltar lá. De longe, olho a montanha do Ermitério. De longe, ela parece próxima.

A idéia me veio quando eu voltava à praça das Guardas depois de ter estado à beira da lagoa. Não irei dar à luz no dispensário, no quarto branco que prepararam para mim. Vou dar à luz no Ermitério. Não disse nada ao belchior. Ele não teria deixado. É o representante do continente em Oat e zela pelo respeito aos regulamentos. O regulamento diz que eu devo ir dar à luz no dispensário. Parti à noite, sem fazer barulho para não acordar o belchior. Não deixei para ele qualquer palavra, para que ele pense que eu fui descansar no bangalô da praia das Gaivotas. Pus minhas coisas na bolsa e levei bem mais provisões do que na primeira viagem, na qual eu não fora previdente. Mas naquele tempo eu não tinha experiência. Com todas as provisões, não corro o risco de morrer de fome. Fiz muito bem em ir todos os domingos a pé até a praia das Gaivotas. Comecei a caminhar e estou em boa forma física, apesar do meu estado. Para ir ao Ermitério, decidi andar em pequenas etapas. Não quero chegar já no final das forças às cascatas.

Não posso dizer que fiquei sentida quando deixei Oat e fui caminhando em direção ao Ermitério. Eu já tinha querido voltar e ouvir de novo o barulho das cascatas. Dormi todos os dias numa cabana de lenhadores. A madeira das cabanas resiste ao tempo, não é como a madeira das casas de Oat. Dormi um sono sem sonhos. Andar me faz bem. A estrada estreitou-se bastante. Não é mais uma estrada. Tornou-se um caminho até a antiga serraria do motorista do caminhão. A floresta avança. Depois da serraria, o caminho vira uma vereda. A vereda é bem nítida, como se fosse freqüentada. Há marcas de passos. Esta é a prova de que ainda há viajantes que sobem até as cascatas. Meu coração começou a bater muito forte quando me aproximei do Ermitério, ouvindo ao longe o barulho das cascatas. Então saí da vereda para ir ao encontro do rio. Quero chegar ao Ermitério pelo rio, como antigamente. Reconheci todas as pedras, todas as poças. Nada mudou. O Ermitério não mudou. Tudo está em ordem. Reencontrei meu antigo quarto. Dormi muito tempo na minha cama, com um sono tão profundo do qual havia perdido a lembrança.

Quando acordei, fui logo tirando a placa da bolsa e pendurando-a de volta sobre a porta de entrada, na mesma altura de antigamente, com a ajuda da escada que ainda estava aberta no mesmo lugar. Novamente, sobre a porta de entrada do Ermitério, com as letras do alfabeto antigo, está escrito: Loja de Souvenirs. Era preciso que o Ermitério tivesse de novo a sua placa, mesmo que não continue a ser uma loja de souvenirs. Li mais uma vez o que vem explicado no folheto. Está tudo bem explicado. Não estou com medo. Era bem aqui que eu devia vir dar à luz. A viagem foi longa, mas não foi acima das minhas forças. A caminhada deve ter-me preparado para o parto. Quanto mais eu subia pela vereda, mais eu sentia movimentos na barriga.

Ontem passei o dia em repouso diante das cascatas. Revi o arco-íris no vapor das cascatas. As rochas de quartzo preto emitem ainda a mesma luz tão forte de que Rosa falava. É uma luz cegante que me dá dor nos olhos, agora que não estou mais habituada com ela. Fechei os olhos para ouvir melhor o barulho das cascatas. Tive de repente a impressão de que o barulho subia do fundo da minha barriga. Então compreendi que estava chegando a hora.

Quando senti as primeiras dores, arrumei minhas coisas na bolsa e subi até a gruta. É na gruta que vou dar à luz. As dores duraram toda a noite e toda a manhã. Ao meio-dia, quando o sol chegou ao zênite e penetrou na gruta, dei à luz. Fiz tudo sem me afobar, como estava explicado no folheto. Fiz todos os gestos na ordem, até o cordão, que eu mesma cortei. Consegui fazer tudo sozinha na gruta.

É uma menininha. Chamei-a Rosa. Desde o primeiro instante em que a vi, chamei-a Rosa. Dei banho nela ali onde a água sai da terra. A água do rio é tépida quando sai da montanha. Rosa não corre o risco de ficar com frio. Ela tem o ar robusto e é bem feita. Quis que ela tomasse o primeiro banho na nascente do rio, como um batismo. Depois enrolei-a no meu véu de casamento. Trouxe-o expressamente para Rosa. Rosa fica bonita enrolada no meu véu de casamento. Ela tem os mesmos olhos azuis de Yem. Fiz para ela uma caminha de areia e musgo e deitei-a na penumbra da gruta, tendo o xale de Mélia como cobertor. Levei tudo o que era necessário para Rosa. Depois que dou banho nela, Rosa dorme. Olhei-a dormir durante muito tempo e depois dormi também, de tanto que eu estava cansada e no final das minhas forças. Faz um calor gostoso na gruta.

Quando acordei, peguei Rosa no colo. Embalei-a por muito tempo cantando a canção que Rosa cantava para mim quando eu era pequena. Rosa acordou e chorou. Então, dei-lho o seio. Mas Rosa continuou a gritar, apesar do seio. Não tenho leite. Por que será que não tenho leite? Preparei a mamadeira para ela seguindo exatamente a receita indicada no folheto. Rosa bebeu toda a mamadeira. Depois dormiu de novo no meu colo, e eu também dormi com ela no colo.

Passei mais dois dias com Rosa na gruta. Sinto-me cada dia mais fraca. Tenho zumbidos cada vez mais fortes nos ouvidos. Olho Rosa dormindo. Embalo-a cantando a canção de Rosa. Dou banho nela na fonte tépida do rio. Dou mamadeiras a ela. Rosa está ao abrigo na gruta. Não pode acontecer nada de mal a ela.

No amanhecer do terceiro dia, deixei a gruta. Desci sozinha sem qualquer bagagem. Dei a Rosa a última mamadeira. Escrevi o nome dela no livro de lendas. Escrevi na capa do livro: PARA ROSA. Escrevi duas vezes, em alfabeto antigo e em alfabeto novo. Meu livro de lendas com minhas doze fotos dentro, este é o meu presente para Rosa. Depositei-o bem visível aos pés dela. Deixei-lhe também minha bolsa. Dentro dela está a polaróide vazia e está o meu cofre. Antes de dar à luz, tirei todas as jóias e recoloquei-as no cofre. É o meu segundo presente para Rosa. É um presente de Yem também, pois foi Yem quem me deu o cofre de jóias. Só conservei o anel no dedo, meu anel de casamento com Yem. No livro de lendas também está minha carteira de identidade. O belchior não esqueceu de acrescentar nela a data do meu casamento com Yem.

Coloquei algumas provisões no bolso, mas não consigo engolir nada. Felizmente a vereda desce, só tenho que me deixar descer. Não sinto mais as pernas, não sinto nem mais meu corpo. Ando como se estivesse num sonho. Não reconheço mais a vereda e a floresta. À noite, não tenho mais forças para procurar uma cabana, então durmo à beira da vereda. À noite, tremo de frio à beira da vereda. Percebi logo que comecei a descer que minha calcinha está manchada de sangue. Não é o sangue da menstruação. A menstruação não vem tão depressa assim depois do parto. Deve ser uma das complicações explicadas no folheto. A caminhada é ruim para a hemorragia. O sangue corre gota a gota sem parar. Deve ter-se rompido alguma coisa dentro de mim. Há gotas de sangue atrás de mim na vereda. Embora me sinta cada vez mais fraca, continuo a descer. Penso em Rosa e na Rainha das Fadas.

Cheguei à encruzilhada. À esquerda, a estrada que leva a Oat, à direita, o caminho que leva à praia das Gaivotas. Peguei o caminho que leva à praia das Gaivotas. Virei uma última vez para olhar o caminho que sobe para o Ermitério. Foi então que percebi um casal de viajantes subindo pelo caminho. Amanhã, talvez hoje à tarde mesmo, se eles andarem rápido, vão chegar às cascatas, vão subir até a gruta. Vão descobrir Rosa. Quem sabe não decidam instalar-se no Ermitério e reabrir a loja de souvenirs, agora que a placa está novamente lá?

Quando cheguei à praia das Gaivotas, entrei imediatamente no Buick. Desde o momento em que me deitei no banco de trás, perdi os sentidos. Não sei quanto tempo se passou até que voltasse a mim. O banco do Buick está manchado de sangue. O sangue continua a correr. É ruim perder tanto sangue. Em que estado está o Buick. Está todo enferrujado e agora o banco de trás está manchado de sangue. As gaivotas acabaram rasgando a capota com o bico. Invadiram o Buick. Estão por toda parte, estão no banco da frente, estão espremidas contra meu corpo no banco de trás, estão na dianteira olhando-me pelo pára-brisas, olhando o sangue. As gaivotas me dariam calor se eu não estivesse com frio. Tremo de frio.

Levantei um pouco para olhar a praia. O vidro está salgado, o mar parece salgado através do vidro. Vejo um grande iate branco amarrado bem em frente ao Buick. Nunca vi um iate tão grande. Não vejo nada escrito no iate. O casco é de um branco imaculado, sem qualquer letra pintada. Não tenho meios de saber o nome do iate. Continuo a perder sangue. Estou com um véu diante dos olhos. O iate se torna cada vez mais embaçado. Chamo Yem como o chamava outrora dentro do Buick. Mas hoje não é domingo. Domingo será o dia do meu aniversário, farei dezesseis anos. Yem, onde estará ele com a Rainha das Fadas? Será que chegou ao fim do canal? Eu gostaria tanto de falar sobre Rosa com ele.

    O vento começou a soprar. O iate está se distanciando da praia das Gaivotas. Olhei-o por muito tempo desaparecendo pouco a pouco ao largo. O vento levanta a areia da praia. Não há qualquer marca na praia, por causa do vento que varre todas as marcas. As gaivotas voaram todas ao mesmo tempo em um único bater de asas. Abandonaram o Buick.

    O mar está vazio como a praia das Gaivotas. Estou sozinha dentro do Buick, sozinha, agora que as gaivotas voaram muito alto em direção ao céu, para muito longe. A areia cobre o pára-brisa, os vidros e o espelho com uma película muito fina. Não vejo mais a praia, nem o mar, nem o céu, nem as gaivotas. O véu diante de meus olhos fica ainda mais espesso. Não vejo nem o sangue no banco. Não vejo nada, nada além de Rosa enrolada no meu véu de casamento na gruta das Fadas.

DA MESMA AUTORA

Splendid Hôtel, Les Éditions de Minuit, Paris, 1986 (romance) [edição brasileira: *Splendid Hotel*, Siciliano, São Paulo, 1990].
Forever Valley, Les Éditions de Minuit, Paris, 1987 (romance).

Le Mort & Cie, P.O.L., Paris, 1985 (poesia).
Doublures, P.O.L., Paris, 1986 (contos).

Este livro foi composto em Sabon
pela Holt e impresso pela Editora
Parma em papel Pólen 70 g/m² da Cia.
Suzano de Papel e Celulose para a
Editora 34, em julho de 1995.